KNAUR

Im Knaur Verlag sind bereits folgende Bücher der Autorin erschienen:
Vanitas – Schwarz wie Erde
Vanitas – Grau wie Asche
Vanitas – Rot wie Feuer

Über die Autorin:
Ursula Poznanski wurde 1968 in Wien geboren, wo sie mit ihrer Familie auch heute lebt. Die ehemalige Medizinjournalistin ist eine der erfolgreichsten Autorinnen deutscher Sprache: Mit ihren Jugendbüchern (zuletzt »Cryptos«) steht sie Jahr für Jahr ganz oben auf den Bestsellerlisten, ihre Thriller für Erwachsene – wie etwa die Vanitas-Trilogie – erfreuen sich ebenso großer Beliebtheit.

URSULA POZNANSKI

Blut-
kristalle

THRILLER

KNAUR

Besuchen Sie uns im Internet:
www.knaur.de

Aus Verantwortung für die Umwelt hat sich die Verlagsgruppe Droemer Knaur zu einer nachhaltigen Buchproduktion verpflichtet. Der bewusste Umgang mit unseren Ressourcen, der Schutz unseres Klimas und der Natur gehören zu unseren obersten Unternehmenszielen. Gemeinsam mit unseren Partnern und Lieferanten setzen wir uns für eine klimaneutrale Buchproduktion ein, die den Erwerb von Klimazertifikaten zur Kompensation des CO_2-Ausstoßes einschließt. Weitere Informationen finden Sie unter: www.klimaneutralerverlag.de

FSC www.fsc.org
MIX
Papier aus verantwortungsvollen Quellen
FSC® C083411

Originalausgabe Mai 2021
Knaur Taschenbuch

Ein Imprint der Verlagsgruppe
Droemer Knaur GmbH & Co. KG, München

Ein Projekt der AVA international GmbH Autoren- und Verlagsagentur
www.ava-international.de
Redaktion: Regine Weisbrod
Covergestaltung: ZERO Werbeagentur, München
Coverabbildung: Collage unter Verwendung von Motiven von shutterstock.com
Satz: Adobe InDesign im Verlag
Druck und Bindung: CPI books GmbH, Leck
ISBN 978-3-426-52767-2

2 4 5 3 1

– Ist sie nicht schön? Jetzt sag doch mal, ist sie nicht schön?

– Jaja. Aber wir hätten einen anderen Tisch nehmen sollen. Sie wird dich noch entdecken.

– Wird sie nicht. Sie sieht nur meinen Rücken.

– Sie wird bemerken, dass du sie heimlich mit dem Handy filmst. Und wenn nicht sie, dann ihr Freund.

– Er ist nicht ihr Freund. Nicht wirklich.

– Hm. Bist du sicher? Hast du gesehen, wie sie gerade nach seiner Hand gegriffen hat? Hörst du, wie sie lacht?

– Lass das. Ich warne dich.

– Mich? Das ist drollig. Wovor genau willst du mich denn warnen?

– Sei still. Ich versuche zu hören, was sie sagt. Ich glaube, es ist bald so weit. Das, was auf dem Tisch liegt, sind Kataloge. Ich wusste es, er wird sie in Gefahr bringen, dieses Schwein.

– Aber du wirst sie retten?

– Und ob ich sie retten werde.

1.

Wolfram hasste dieses Café, diese Shabby-Chic-Höhle mit ihrer Indie-Musik und dem coolen Publikum. Niemals hätte er sie freiwillig betreten, doch Ella schien es hier zu gefallen. In den letzten zwei Wochen war sie dreimal hier gewesen, jedes Mal mit diesem widerlichen Typ. Wahrscheinlich war das der Grund: Sie kam ihm zuliebe her und mischte sich unter die Leute, die nicht einfach Kaffee bestellten, sondern mit wichtiger Miene Cold Brew, Espresso mit Kurkuma oder Nitro Coffee orderten.

Ihr Begleiter passte haargenau in dieses affige Ambiente. Dreitagebart, ein Tribal-Tattoo auf dem Unterarm und eines dieser Fitted Shirts, unter denen jede Muskelbewegung sichtbar war. Er besuchte viermal pro Woche das *ShapeUp*, ein Fitnessstudio im Stadtzentrum, so viel hatte Wolfram bereits herausgefunden. Nein, eigentlich noch viel mehr als das: Der Kerl hieß Paul, war sechsundzwanzig und studierte Wirtschaft. Daneben jobbte er als Tennis- und Skilehrer, je nach Saison. Auf seinem Instagram-Account reihte sich ein perfektes Foto ans nächste, zum Kotzen war das.

Wolfram hatte den Kopf über die Zeitung gesenkt, warf nur alle paar Sekunden einen Blick in Richtung des Tisches, an dem zu gerne er gesessen hätte anstelle des dauerlächelnden Märchenprinzen. Nein, korrigierte er sich. Des todgeweihten Märchenprinzen, der jetzt Ellas Hand losließ, weil sie aufstehen wollte. Leider nicht, um ihm eine Szene zu machen, sondern bloß, um zur Toilette zu gehen. Wolfram faltete die Zeitung zusammen und stand ebenfalls auf, um sich eine andere zu holen. Machte dabei einen kleinen Umweg, gerade so weit, dass er sehen konnte, was da auf Ellas Tisch lag.

Tatsächlich Kataloge. *Bergwandern Wintersaison, Region Felnitz*, las er. *Abenteuer in Schnee und Eis*. Um mehr erkennen zu können, hätte er stehen bleiben müssen, und das sollte er besser nicht. Bloß nicht auffallen, sonst kam Ella vielleicht noch auf die Idee, dass er der Mann war, vor dem sie solche Angst hatte.

Wieder zu Hause, verwandelte er sich in Rike. Natürlich nicht wirklich, nur virtuell. Rike war Ellas Freundin, ihre engste Vertraute im Stalking-Forum. Dafür hatte Wolfram einen ebenso unheimlichen wie ungeschickten Verfolger erfunden, einen Mann um die vierzig, der einen dunkelgrauen Opel fuhr und Rike heimlich fotografierte, sobald sie aus dem Haus ging. Nirgendwo war sie sicher, weder im Supermarkt noch im Park, noch im Café.

Das verband sie, denn auch wenn Ella sagte, dass sie ihren Stalker noch nie wissentlich zu Gesicht bekommen hatte, so fühlte sie sich doch ständig beobachtet. Zu Recht, wie Wolfram wusste. Manchmal fand sie Nachrichten oder kleine Geschenke im Briefkasten, der zu ihrem Pech vor und nicht in ihrem Wohnhaus angebracht war. Gepresste Blumen, Süßigkeiten, Glücksbringer. Sie warf alles sofort weg, las aber immerhin die Briefchen.

Er ist verrückt, hatte sie an Rike geschrieben. *In seine letzte Nachricht hat er einen Ring geklebt und ein Foto von dem Brautkleid, das ich tragen soll. Er ist völlig wahnsinnig, und er weiß, wo ich wohne.*

Wolfram wusste noch viel mehr als das. Ella arbeitete in einem Sportgeschäft, und er hatte genaue Informationen über ihre Kolleginnen dort gesammelt – und über die Kollegen natürlich. Er kannte Ellas Sozialversicherungsnummer, ihre Lieblingsspeise, ihren Lieblingsfilm. Er wusste, dass sie Angst vor Nadeln hatte. Und selbstverständlich wusste er alles über ihre Liebschaften. Die nie von langer Dauer waren, dafür hatte er bisher immer gesorgt.

Seitdem er sich Rike als Alter Ego geschaffen hatte, war sein Wissen um ein Vielfaches gewachsen. Ella schüttete ihr das Herz aus, ließ sich von ihr trösten und beruhigen. Ein paarmal hatte Wolfram schon überlegt, die Karten auf den Tisch zu legen. *Siehst du, wie einfühlsam ich sein kann?*, hätte er gern geschrieben. *Warum vertraust du mir nur, wenn ich mich Rike nenne?*

Aber das wäre das Ende ihrer Konversationen gewesen. Er musste es anders angehen; ihr beweisen, dass niemand so sehr auf ihrer Seite stand wie er.

Als Rike loggte er sich ins Forum ein und beantwortete pro forma ein paar Posts – es wäre zu auffällig gewesen, immer nur auf Ellas Beiträge zu reagieren. Er tröstete Cordula, die von ihrem geschiedenen Mann belästigt wurde, und Tanja, die sich nicht mehr in den Garten traute, seit sie dort ein totes Meerschweinchen gefunden hatte.

Das war doch kein Zufall, schrieb sie. *Das war eine Drohung.*

Rike schrieb zurück, es sei wahrscheinlich nur das Haustier eines Nachbarn gewesen, das sich durch den Zaun gequetscht habe, und sie solle sich nicht zu viele Sorgen machen. Gleichzeitig machte Wolfram sich eine innere Notiz: ein totes Tier im Briefkasten?

Ella loggte sich erst um halb sieben ins Forum ein. *Habe heute nicht viel Zeit, es gibt so viel vorzubereiten,* schrieb sie in den Chat. *Paul und ich müssen unsere Ausrüstung zusammenstellen.*

Packt ein Leichentuch ein, dachte er. Rike ließ er allerdings etwas anderes schreiben: *Das wird sicher ein großartiger Trip, ich beneide dich. Und sonst? Hattest du heute Ruhe?*

Es dauerte fünf Minuten, bis Ella antwortete: *Ja, keine unangenehmen Zwischenfälle. Vielleicht hat er endlich mitgekriegt, dass es Paul gibt. Wäre wirklich Zeit. Ich wünsche dir, dass dein Furunkel sich auch bald in nichts auflöst.*

So nannte sie Wolfram. Furunkel. Ein Geschwür, das man nicht loswurde. Es war beleidigend, aber sie begriff eben noch nicht, was sie an ihm hatte. Einen unsichtbaren Begleiter, einen Schatten, der sie umhüllte und alles Bedrohliche von ihr fernhielt.

So wie Hannes, zum Beispiel. Ein halbes Jahr war das her, im Forum hatte Ella entzückt von ihrem neuen Lover berichtet, der Schlagzeuger war in einer Band, die sicher bald groß rauskommen würde. Außerdem fuhr er Motorrad, und demnächst würden sie ihre erste gemeinsame Ausfahrt machen.

Motorrad, wenn das nicht blanker Wahnsinn war. Der Mann würde Ella in Lebensgefahr bringen, jeder halbwegs vernünftige Mensch wusste, dass Motorradfahrer bloß Organspender in spe waren.

Und wie sich zeigte, behielt Wolfram recht. Er musste Hannes nicht mal umnieten, er musste ihm nur nachfahren, als er an einem lauen Frühlingsabend über die Hügel zog, an einem der ersten Tage, an denen die Temperatur über zwanzig Grad stieg.

Er überholte ihn in der Kurve und riss dabei das Lenkrad ganz kurz nach rechts. Keine Berührung, nichts. Doch Ellas dummer Freund wich reflexartig aus, kam von der Straße ab und ... tja. Es war am nächsten Tag in den Nachrichten zu lesen. Aus ungeklärter Ursache.

Die Sache mit Hannes war bisher Wolframs elegantester Coup gewesen. Auch an eine andere Geschichte, in der ein Boot vorkam, erinnerte er sich gern, aber die war am Ende nicht so schön ausgegangen. Da hatte er sich in der Frau getäuscht, sie war den Aufwand nicht wert gewesen. Doch nun gab es Ella, die Liebe seines Lebens, diesmal bestand kein Zweifel.

Nach Hannes' Tod weinte Ella sich im Forum aus, aber sie kam darüber hinweg – sie hatte Hannes ja noch nicht lange gekannt. Rike tröstete sie. Beteuerte, wie froh sie war, dass Ella nicht auch auf der Maschine gesessen hatte.

Das war das erste Mal gewesen, dass Ella nach einem Treffen gefragt hatte. *Wollen wir uns nicht einmal sehen? Das wäre viel persönlicher, als immer nur über das Forum zu schreiben. Ich könnte eine Schulter zum Ausweinen brauchen.*

Nichts hätte Wolfram ihr lieber gewährt als das. Doch als Rike musste er leider ablehnen. *Ich würde dich so gerne sehen, aber wir wohnen zu weit auseinander. Siebenhundert Kilometer! Hier bin ich aber jederzeit für dich da.*

Er hatte schon befürchtet, Ella könne ein Telefongespräch vorschlagen, doch das hatte sie zum Glück nicht getan. Rikes Glaubwürdigkeit aufrechtzuerhalten war eine ständige Gratwanderung. Umso wichtiger war es, dass Ella endlich Wolfram selbst kennenlernte. Unter idealen Umständen. Als ihren Retter, als Helden. Bei einer tatsächlichen Gratwanderung.

Er verbrachte den Abend damit, sich im Internet über das Gebiet schlauzumachen, das Paul für diese halsbrecherische Tour ausgesucht hatte. Felnitz.

Im Winter war das ein schneesicherer Ort in den Bergen, allerdings gab es kaum nennenswerte Skipisten. Dafür hatte die Gemeinde sich etwas Ungewöhnlicheres einfallen lassen: mehrtägige Schneewanderungen für trainierte Menschen mit entsprechender Ausdauer. Die Tagesstrecken waren nicht allzu lang, in jeweils sechs Stunden sollten sie zu bewältigen sein. Dafür wurde man mit spektakulären Schneelandschaften belohnt, gefrorenen Wasserfällen, eisglitzernden Teichen. Drei Hüttenübernachtungen waren in der Buchung inbegriffen.

Wolfram hob jeden Tag Gewichte. Nicht in einem Fitnesscenter wie dieser lächerliche Paul, sondern zu Hause in seinem Schlafzimmer. Er war trainiert und vor allem motiviert. Er wusste, dass Vorbereitung alles war.

Die Route führte über Steige, die regelmäßig geräumt wurden, und durch mehr Waldstücke, als er zählen konnte. Er fuhr mit dem Finger über die rot eingezeichnete Linie. Brandlkar, Schoppsee, Zehnersteig, Makartalm. Das war der erste Tag. Achergraben, Reithfall, Sprielhorn, Anzinger Hütte war die Route für Tag zwei. Sellerboden, Habichtsfall, Lichtsteig, Schrinneralm: Tag drei. Von dort waren es dann nur noch zweieinhalb Kilometer abwärts zurück nach Felnitz.

Wolfram zog einen schwarzen Filzstift aus der Schublade und markierte alle Stellen, die in den Bergsteigerforen als gefährlich beschrieben worden waren. Der Zehnersteig zum Beispiel. Die meisten waren bereits müde, wenn sie ihn erreichten, und auch wenn er regelmäßig kontrolliert wurde, waren einige Wanderer schon auf vereisten Steinen ausgerutscht. Bisher war noch nie etwas wirklich Schlimmes passiert, aber das, so hoffte Wolfram, würde sich bald ändern.

2.

– Du frierst aber nicht gerne.

– Ich werde in Bewegung sein, da friert man nicht.

– Doch, wenn der Schnee in die Schuhe dringt und der Wind einem kalt ins Gesicht schlägt, fühlt sich das auf der Haut an wie Nadelspitzen. Die Finger werden taub, und von der Kälte bekommt man Kopfschmerzen.

– Sei still.

– Das hättest du dir früher überlegen müssen. Ich werde nie still sein, Wolfram. Und in Wahrheit möchtest du das auch nicht. Du willst mich um dich haben, immer. Nicht wahr?

– Still!, habe ich gesagt.

– Das würde dir so passen. Ich rede, solange ich möchte, und ich sage dir, es ist ein dummer Plan, wirklich dumm, dumm, dumm, dumm ...

– Halt die Klappe, verdammt! Ich will nichts mehr von dir hören.

– Och. Aber ich werde bei dir sein, bei jedem Schritt und jedem Tritt. Das weißt du, nicht wahr? Der Unterschied zwischen uns beiden ist: Ich werde nicht frieren.

Wolfram schrieb eine Einkaufsliste. Neue Bergschuhe standen ganz oben, eine windabweisende Hardshell-Jacke, anschnallbare Schuhspikes und zwei Fleecepullover. Außerdem ein Eispickel, ein Tourenrucksack und je eine Packung Hand- und Fußwärmer. Diese Pads, die nach dem Auspacken vierundzwanzig Stunden lang Wärme abgaben.

Zuunterst schrieb er Werkzeug auf die Liste, das er möglicherweise brauchen würde: eine Säge, einen Hammer, eine Zange. Auf jeden Fall musste auch ein Seil mit, das ließ sich für die unterschiedlichsten Zwecke verwenden. Ebenso wie der Klappspaten, den er auf die Liste setzte.

Zu guter Letzt schrieb er ein Multifunktionsmesser dazu, das teuerste, das zu bekommen war. Er wollte eine scharfe Klinge zur Verfügung haben. Er hatte große Lust, etwas durchzuschneiden.

Die meisten Sorgen machte er sich um die Frage der Übernachtungen. Die drei Hütten, die auf der Route lagen, waren nicht groß. Wenn Ella, Paul und er selbst dort einkehrten, würden sie sich zwangsläufig begegnen. Die beiden würden ihn sehen, möglicherweise sogar mit ihm sprechen.

Das war nicht in seinem Sinn. In seiner Vorstellung erschien er als Retter aus dem weißen Nichts, ein schweigsamer Held, der Ella auf seine Arme heben und sicher ins Tal bringen würde. Dieser Auftritt würde gehörig an Wirkung einbüßen, wenn sie am Abend zuvor gemeinsam auf der Hütte Nudelsuppe gegessen hatten.

– Du kannst sie sowieso nicht tragen.

– Klappe halten!, habe ich gesagt. Ich will nichts mehr von dir hören.

– Na gut. Stört es dich, wenn ich singe? *Ain't no mountain high enough, ain't no valley low en...*

– HALT DIE FRESSE, ZUM TEUFEL, DU MACHST MICH WAHNSINNIG, SEI STILL, ODER ICH BRING DICH UM!

– Ha, sehr witzig. Und auch sehr klug von dir, die Nachbarn mit deinem Geschrei aufzuschrecken.

– Lass mich. In Ruhe.

– Du solltest Handschuhe auf die Liste schreiben.

Ella ließ sich an diesem Abend nicht mehr im Forum blicken, obwohl sie üblicherweise gegen zehn noch einmal kurz reinsah. Wolfram fühlte, wie die verhasste Leere sich in seinem Inneren ausbreitete, aber er hatte sich heute im Griff. Fuhr nicht zu ihrer Adresse, um nachzusehen, ob hinter den Fenstern Licht brannte. Zerkratzte nicht zur Strafe für ihre Abwesenheit den Lack an ihrem Auto.

Am nächsten Nachmittag meldete sie sich bei ihm oder, genauer gesagt, bei Rike. Voller Vorfreude.

Heute in acht Tagen geht es los, ich kann es gar nicht mehr erwarten! In Felnitz liegt schon ein halber Meter Schnee, und sie haben gutes Wetter angesagt.

Wie geht es dir, was macht dein Furunkel?

Er hat mir heute einen toten Vogel vor die Tür gelegt, schrieb Wolfram zurück. *Eine Kohlmeise, mit einer Drahtschlinge um den Hals, die ihr fast den Kopf abgetrennt hat. Kein guter Tag für mich. Aber ich freue mich mit dir!*

Ella schrieb ausführlich zurück, wie furchtbar sie das fand. Ein toter Vogel, unglaublich! Ihre tröstenden Worte, ihre Einfühlsamkeit wärmten Wolfram innerlich, auch wenn sie nicht wirklich ihm galten.

Ich wüsste nicht, was ich ohne dich tun sollte, ließ er Rike zurückschreiben. *Du hilfst mir mehr, als ich sagen kann.*

Unmittelbar danach buchte er die drei Hüttenübernachtungen. Am besten wäre es natürlich, wenn er Paul schon auf dem Zehnersteig erledigen konnte, noch bevor es dunkel wurde. Aber falls das nicht klappen sollte, brauchte er ein Quartier für die Nacht. Und insgeheim beglückte ihn die Vorstellung, die Luft einatmen zu können, die Ella zuvor ausgeatmet hatte.

Acht Tage waren eine lange Zeit, doch Wolfram wusste sie zu nutzen. Er trainierte. Stemmte Gewichte, lief jeden Tag auf den Stadtberg hinauf und wieder hinunter. Er war fit, und er sah gut aus, fand er, als er auf dem Heimweg sein Spiegelbild in der Glastür eines Friseurladens erblickte. Nicht mehr so gebückt und hager wie früher. Eher zäh. Seine wulstigen Lippen konnte man auch sinnlich nennen.

– Sie sehen aus wie tote Würmer.

– Halt den Mund.

– Mund, genau, das ist das Stichwort. Denkst du wirklich, Ella will diese Schläuche küssen? Wollte das schon mal irgendwer, irgendwann?

– Ich hasse dich so sehr.

– Nicht doch. Du liebst mich. Unendlich, nicht wahr?

– Bald wirst du ausgelöscht sein. Fort. Stumm für immer.

– Das solltest du besser wissen.

Natürlich folgte er Ella auch in dieser Woche mehrmals. In den Supermarkt, in den Park und bis vor ihr Fitnesscenter. Paul war nie bei ihr, was Wolfram ebenso verwunderte wie erfreute. Bildeten sich schon die ersten Risse in der perfekten Fassade dieser Beziehung?

Im Forum sagte Ella jedenfalls nichts davon, im Gegenteil. Sie freute sich mit jedem Tag mehr auf den Trip und versprach, nach ihrer Rückkehr Fotos zu posten.

Rike wünschte ihr eine großartige Zeit. Kaum hatte sie sich ausgeloggt, trug Wolfram seinen Rucksack zum Auto. Gleich morgen früh würde es losgehen. Er wusste, dass Vorbereitung der Schlüssel zum Erfolg war. Einen Tag früher vor Ort zu sein, war auf jeden Fall ein kluger Schachzug.

DONNERSTAG

Felnitz war ein malerisch verschneites Dorf in einem abgelegenen Alpental. Kein Skiresort, kein schicker Szenetreff, sondern ein verschlafener Flecken mit einer kleinen Kirche im Zentrum, einem Rathaus, einer Schule und ein paar altmodischen Geschäftslokalen. Es gab außerdem drei Frühstückspensionen, und in einer davon hatte Wolfram sich für die ersten zwei Nächte eingemietet. Von seinem Fenster aus konnte er den Gipfel des Sprielhorns sehen, der wie ein schiefer Zahn in der Landschaft steckte, flankiert von weniger hohen Bergen.

Die Route führte nicht über den Gipfel, sondern über einen Pass in der Nähe der Anzinger Hütte. Wolframs Atem beschlug die Fensterscheibe, tauchte das Panorama in Nebel. Morgen würde er sich das Horn aus der Nähe ansehen.

Die Wirtin seiner Pension bemühte sich nach Kräften, ihn in ein Gespräch zu verwickeln, während sie ihm Kaffee und gekochte Eier (sind unsere eigenen Hühner!) zum Frühstück servierte. Aber Wolfram war nicht in Plauderlaune, er hatte seit sechsunddreißig Stunden nichts mehr von Ella gesehen oder gehört; es war, als hätte man ihm den Sauerstoff entzogen. Erst als die Wirtin auf die Wettervorhersage und die Tatsache zu sprechen kam, dass ihr Mann früher Bergführer gewesen war, erwachte Wolframs Interesse.

»Wo muss ich denn aufpassen, wenn ich die Dreitagestour gehe? Wo ist es gefährlich?«

»Der Zehnersteig wird oft unterschätzt, da muss man vorsichtig sein«, erklärte die Frau bereitwillig. »Am Brandlkar unbedingt auf dem Weg bleiben und keine Abkürzung über die Hänge nehmen, da lösen sich immer wieder Schneebretter. Und letztes Jahr ist ein Wanderer auf der Rieder Scharte abgestürzt. Achtzig Meter. War sofort tot.« Sie verzog das Gesicht. »Wissen Sie, er wollte am Rand des Plateaus eines von diesen Selfies machen und ist abgerutscht.«

Wolfram bedankte sich für die Auskunft. Er hatte kein Interesse an Selfies, ganz sicher nicht. Aber sollte Paul durch einen dummen Zufall in die Tiefe stürzen, würde er mit Freuden ein Foto des blutigen Kadavers schießen.

Es war kurz nach neun Uhr morgens, als er zu seinem Erkundungsgang aufbrach. Unter Realbedingungen, also bereits mit vollgepacktem Rucksack. Der Weg zum Brandlkar war hervorragend ausgeschildert, mit rot-weißen Pfeilen, die eine Wegzeit von zweieinhalb Stunden prognostizierten. Wolfram war allerdings überzeugt, dass das nur für den Sommer galt – jetzt war der Pfad schneebedeckt, und vereiste Stellen zeigten sich bereits, als er das erste Waldstück betrat.

Er setzte sich auf einen gefällten Baum und schnallte die Schuhspikes an. Wunderschön war es hier: das Dunkel der Tannen und das Weiß des Schnees; zwischen den Bäumen Trittspuren von Rehen und anderen Tieren – Füchsen vielleicht.

Mit den Spikes ging es sofort besser. Wolfram hakte die Daumen in die Träger seines Rucksacks und arbeitete sich Schritt für Schritt den Weg hoch. Außer ihm war niemand hier, und das war ihm ganz recht so. Er konzentrierte sich auf seinen Atem und suchte rechts und links des Weges nach Stellen, an denen sich ein Unfall provozieren ließ. Da oben zum Beispiel, kurz nachdem man aus dem Wald wieder unter freien Himmel trat, war ein Hang, an dem der Schnee bereits ein wenig ins Rutschen gekommen war. Wenn er da hinaufkletterte und im richtigen Moment ein wenig nachhalf, würde er Paul wahrscheinlich verschütten können.

Ella auch, das war kaum zu verhindern. Aber sie würde er sofort ausgraben, mit seinem Klappspaten. Und zurück ins Dorf tragen.

Das noch sehr nahe Felnitz war leider auch der einzige Wermutstropfen bei diesem Plan. Hilfskräfte mit einem Geländefahrzeug konnten innerhalb von zwanzig Minuten hier sein und hatten dann beste Chancen, Paul noch lebend zu bergen. Also besser doch nach einer abgelegeneren Stelle suchen.

El-la, El-la, El-la. Jeder seiner Schritte war eine Silbe im Schnee. Nach drei Stunden hatte er die Kuppe des Brandlkars erreicht, nun kam der sanfte Abstieg zum Schoppsee. Wolfram konnte ihn schon nach wenigen Minuten in der Senke vor sich sehen, eisblau glitzernd.

Unten angekommen, überprüfte er die Tragfähigkeit des Eises. Am Rand schien es dick und stabil zu sein, doch weiter innen wiesen dunklere Stellen auf eine schwächere Eisdecke hin.

Ob er dort etwas ablegen sollte? Etwas, das vor allem Pauls Neugierde weckte? Bloß was? Einen Rucksack vielleicht, nur müsste er den erst einmal kaufen. Ihn anschließend mit Klopapier oder etwas anderem füllen, das wenig wog, und ihn auf das dünne Eis legen. Paul, der vor Ella sicher angeben wollte, würde mutmaßen, dass dort jemand eingebrochen sein könnte, und einen auf Retter machen. Und dann – knirsch, knack, bye-bye Paul.

Die Idee war nicht übel. Wolfram vermerkte sie auf seiner inneren Liste und zog weiter, in Richtung Zehnersteig. Dort lagen seine größten Hoffnungen.

Als er eine Stunde später davorstand, lachte er auf vor Freude. Ja, hier war alles möglich. Wenn es warm und trocken war, bedeutete der Steig sicher keine große Herausforderung, aber jetzt ...

Er begann als Weg, der sich schmal und eng an den Hang schmiegte, dann kam eine steile Felstreppe, an der rechts und links Seile zum Festhalten angebracht waren. Danach zog der Weg sich über felsiges Gelände weiter, und dort beobachtete Wolfram nun eine dreiköpfige Gruppe, die sich eben bei dieser Stelle abmühte. Drei junge Männer, wie es schien. Sie mussten sehr früh aufgebrochen oder von einer anderen Seite her aufgestiegen sein, denn bisher hatte er sie weder gehört noch gesehen.

Einer von ihnen hatte die schwierigsten Passagen schon überwunden und wartete auf die beiden anderen am Anfang des Grats, der als Nächstes zu bewältigen war.

Weitergehen auf eigene Gefahr!, stand auf dem Schild, an dessen Pfosten Wolfram sich nun lehnte. Die beiden Wanderer arbeiteten sich sehr langsam vorwärts, prüften jeden Tritt auf Rutschigkeit und lockeres Geröll. Der Zweite glitt plötzlich aus, schlitterte ein paar Meter weit zurück, fing sich aber wieder.

Es dauerte fünfzehn Minuten, bis die ganze Gruppe es geschafft hatte. Danach ging es über den Grat – wieder mit Halteseilen – bis zu der Hängebrücke, die vom Zehnersteig über eine Klamm zur Makartalm führte. Wolfram beobachtete noch, wie sich die Männer über die schwankende Brücke auf die andere Seite kämpften, dann machte er kehrt.

Ein halb durchgeschnittenes Halteseil, dachte er. Ein wenig Wasser auf dem Grat. Paul würde sicher vorangehen und für Ella den Weg testen. Er würde abgleiten, abstürzen, fallen. Nicht sie. Sie würde bloß schreiend zusammensinken und sich dankbar in Wolframs Arme schmiegen, wenn er sie sicher zurück ins Tal brachte.

Der Rückweg gestaltete sich weniger anstrengend, dafür aber rutschiger. Wolfram stolperte zweimal; ohne den schweren Rucksack hätte er sich fangen können, doch so landete er beide Male im Schnee. Beim zweiten Mal schlug er sich das linke Knie an einem Stein an, der Schmerz schoss wie Strom durchs ganze Bein.

Verdammt. Ihm entfuhr ein kläglicher Laut, weniger aus Wehleidigkeit als aus Angst, dass er am nächsten Tag nicht voll einsatzfähig sein würde.

Doch als er aufstand, war es nicht so schlimm wie befürchtet. Er konnte seinen Weg fortsetzen, das Knie sandte nur schwache Signale des Protests, die sich problemlos ignorieren ließen. Sein Vorhaben war nicht in Gefahr, aber er würde die Stürze als Warnung nehmen und bei jedem Schritt Vorsicht walten lassen.

Als er ins Dorf zurückkam, hatte leichter Schneefall eingesetzt. Er freute sich auf eine heiße Dusche, und vielleicht konnte er seine Wirtin überreden, für ihn Tee zu kochen.

Die Unterkunft war nur noch hundert Meter entfernt, als er hinter sich ein Auto hörte und an den Rand der Straße auswich. Der Wagen fuhr vorbei, ein roter Nissan, und etwas in Wolfram dehnte sich aus, nahm mit einem Schlag so viel Platz ein, dass er nicht mehr atmen konnte.

Es war ihr Auto, ihr Kennzeichen, er erkannte es auf den ersten Blick. Es hielt nicht auf dem Parkplatz vor seiner Frühstückspension, sondern fünf Häuser weiter. Auch dort wurden Zimmer vermietet.

Wolfram beeilte sich, er wollte nicht gesehen werden. Verschwand im Haus und lief hinauf in den ersten Stock, in sein Zimmer, an sein Fenster. Von hier aus konnte er Ellas Wagen nicht sehen, aber wer weiß, vielleicht ließ sich trotzdem noch ein Blick auf sie erhaschen.

Es dauerte eine halbe Stunde, bis er Ella und Paul Arm in Arm die Straße herunterspazieren sah. Er in einer dunkelblauen Winterjacke, sie in leuchtendem Grün; unter einer Mütze der gleichen Farbe quoll ihr blondes Haar hervor. Wunderschön. Die beiden unterhielten sich, lachten, sie drückte ihm einen Kuss auf die Wange.

Wolfram ließ sie nicht aus den Augen, bis sie um die nächste Kurve verschwunden waren. Sie waren hier. So schmerzhaft der Anblick ihrer Vertrautheit für ihn auch war, nun wusste er immerhin, dass sein Plan aufgehen würde.

Jetzt endlich stellte er sich unter die Dusche und drehte das Wasser so heiß auf, dass er es gerade noch ertrug. Eigentlich hatte er im *Gasthof zur Post* neben dem Rathaus zu Abend essen wollen, aber dort würde er jetzt wohl Ella und Paul begegnen. Besser, er blieb auf seinem Zimmer und begnügte sich mit den Bananen, die er mitgebracht hatte.

Es war nur ein kleines Opfer, und er brachte es gerne.

Die nächste Stunde verharrte er wieder am Fenster, wartete auf Ellas Rückkehr. Es war kaum etwas los auf der Straße, nur ab und zu fuhr ein Auto vorbei. Zwei Kinder spielten Fangen und bewarfen sich mit Schneebällen, eine dreifarbige Katze balancierte auf dem Zaun des Hauses gegenüber. Das Sprielhorn erhob sich majestätisch weiß gegen den mittlerweile pechschwarzen Himmel.

Kurz vor neun Uhr kehrten Ella und Paul zurück. Sein Arm lag um ihre Schultern, ihrer um seine Hüfte. Das Licht einer Straßenlaterne fiel ihr aufs Gesicht; sie hatte es Paul zugewandt, lächelnd und voller Vertrauen.

So würde sie schon bald Wolfram ansehen. Wolfram, der ihr das Leben gerettet hatte. Der sie besser kannte als jeder andere. Der sie beschützen und nie wieder von ihrer Seite weichen würde.

Er ging früh zu Bett, am nächsten Morgen würde er seine ganze Kraft brauchen. Den Wecker stellte er auf sechs Uhr, da würde es noch dunkel sein, aber zu Beginn der Strecke störte das nicht. Er brauchte einen kleinen Vorsprung, um Paul die Begrüßung bereiten zu können, die er für ihn vorgesehen hatte.

Eine Nacht noch. Höchstens zwei. »Es ist bald so weit, mein Liebling«, murmelte er. Das Kissen roch wie eine Blumenwiese, so grün wie Ellas Jacke.

FREITAG

Er wachte noch vor dem Weckerläuten auf und war in zehn Minuten abmarschbereit. Obwohl er gleich nach dem Aufstehen eine Schrecksekunde durchlebt hatte, denn sein Knie war angeschwollen und blau; wenn er auf die Schwellung drückte, tat es schauderhaft weh.

Aber er konnte das Gelenk belasten, das war auszuhalten. Je mehr er es bewegte, desto besser.

– Du solltest die Sache abblasen. Du hast doch gesehen, wie glücklich sie mit diesem Paul ist.

– Sie hat keine Ahnung. Und du erst recht nicht.

– Ich kenne dich besser als alle anderen. Wir teilen schließlich alles miteinander, nicht wahr? Die Tage, die Nächte, die Träume.

– Lass mich in Ruhe. Ich muss mich konzentrieren, ich darf nichts vergessen.

– Hör auf mich. Fahr nach Hause. Ich meine es gut mit dir.

– Du? Du bist nur eifersüchtig. Und rachsüchtig. Verschwinde.

Der Schnee knirschte unter seinen Schuhen wie zerriebenes Glas. Minus fünf Grad, zeigte die Wetter-App auf seinem Handy an, doch der Wind, der vom Berg herabwehte, ließ den Morgen viel kälter erscheinen.

Wolfram tappte die Straße entlang, sah ein Stück weiter rechts Ellas Auto stehen, von Neuschnee bedeckt. Er steckte die Wärmepads in seine Handschuhe und begann die erste Etappe.

Vor ihm war noch niemand unterwegs gewesen, der Schnee auf dem Wanderweg war unberührt und schimmerte bläulich im ersten Licht des Morgens. Die Tatsache, dass seine Fußspuren für alle, die nach ihm kommen würden, sichtbar waren, störte Wolfram, aber daran ließ sich leider nichts ändern. Andererseits konnte jeder sie hinterlassen haben. Ein Förster, zum Beispiel, auf einem frühen Rundgang durch sein Revier.

Heute ist es mein Revier, dachte er. Und ich werde ein ganz besonderes Tier erlegen.

Er war fast zwei Stunden unterwegs, als die Sonne hinter den Wolken hervorkam und die Schneelandschaft in ein funkelnd weißes Meer aus Kristallen verwandelte. Ein paar Sekunden lang blieb Wolfram stehen. Drehte sich im Kreis, lächelte. »Das solltest du sehen, Liebling«, sagte er laut. »Ich werde es dir zeigen. Ganz bald.«

Sie mussten jetzt eigentlich auch schon aufgebrochen sein, wenn sie die Strecke bei Tageslicht schaffen wollten. Es galt also, bald eine Entscheidung zu treffen. Die Stelle, an der Wolfram das Schneebrett auslösen konnte, lag direkt vor ihm, aber natürlich würde man dann seine Fußabdrücke sehen, die den Hang hinaufführten.

Die Halteseile auf dem Zehnersteig konnte er hingegen viel unauffälliger manipulieren. Vorausgesetzt, es waren keine anderen Wanderer dort, die ihn beobachten könnten.

Allerdings war es nicht einfach, sich von der Vorstellung zu verabschieden, wie er Ella aus dem Schnee grub, sie vielleicht sogar beatmete, ihr das Leben zurückgab. Er würde sie nur tröstend in den Arm nehmen können, sobald Paul in den Tod gestürzt war.

Weniger spektakulär. Weniger heldenhaft. Aber sicherer.

Er setzte seinen Weg fort und versuchte, nicht auf das Stechen im Knie zu achten, das zunehmend unangenehmer wurde. Davon durfte er sich nicht aus dem Konzept bringen lassen, er musste seinen Vorsprung beibehalten.

Bis zum Schoppsee hielt er durch, aber dort blieb ihm nichts anderes übrig, als Rast zu machen. Vor einer Viertelstunde war ihm eine kleine Gruppe Wanderer begegnet, die sich auf dem Weg ins Tal befand, sonst hatte er bislang keine Menschenseele getroffen.

Er legte seinen Rucksack in den Schnee, setzte sich darauf und rieb sich das Knie. Die dunkle Stelle im Eis war noch da und die Versuchung groß. Er hatte zwar keinen zweiten Rucksack, den er als Köder dort hinlegen konnte ... aber er hatte ein Paar Laufschuhe eingepackt. Wenn er einen davon auf dem Eis platzierte – würde Paul dumm genug sein nachzusehen, ob der Besitzer die Füße im See hatte abkühlen wollen und dabei versunken war?

Einen Versuch war es wert. Umso mehr, als Wolfram danach weitergehen und den See von der nächsten Anhöhe aus im Auge behalten konnte. Sollte Paul schon in seine erste Falle gehen, würde er schnell zurücklaufen und sich um Ella kümmern.

Falls sie versuchte, Paul zu retten, und ebenfalls einbrach, konnte er sie aus dem Wasser ziehen, sie halten, wärmen ... ja. Es war definitiv einen Versuch wert.

Er zog den linken Sportschuh aus dem Rucksack und setzte vorsichtig einen Fuß aufs Eis. Es knackte, aber es hielt. Ein Schritt, noch einer. Ein dritter. Als Wolfram den vierten Schritt machte, knirschte das Eis lauter, im nächsten Moment barst es, und er stand bis zu den Knien im frostig kalten Wasser.

Er hatte aufgeschrien vor Schreck, hatte den Sportschuh fallen gelassen. Nun watete er zurück zum Ufer, fühlte, wie seine Hose sich vollsog, bis halb zu den Oberschenkeln hinauf.

Verdammt. Das Wasser war schmerzhaft kalt, und die Kälte wurde schlimmer, als Wolfram wieder an Land kletterte. An der Luft würde die Hose innerhalb von Minuten steif frieren, und natürlich war das Wasser auch in seine Schuhe gelaufen.

Eine Ersatzhose trug er mit sich im Rucksack, sie war zwar dünner, dafür aber trocken. Mit den nassen Schuhen würde er leben müssen.

– Du bist ein Idiot. Ich habe dir doch gesagt, du sollst diesen Unsinn lassen.

– Sei du ja still! Wenn du schon dein dummes Maul aufreißen musst, hättest du mich vor dem brüchigen Eis warnen können.

– Ich konnte nicht wissen, dass du nicht siehst, wohin du trittst. Außerdem hättest du nicht auf mich gehört. – Lachst du? Höre ich dich etwa lachen?

– Und wenn? Was willst du dann tun, hm? Sag es mir. Was?

Im Schnee stehend die Hose wechseln zu müssen, erwies sich als mühsames Unterfangen. Wolfram setzte sich schließlich auf den Rucksack, auch auf die Gefahr hin, dass Nässe nach innen dringen würde. Trockene Schuhe hatte er nicht mehr zur Verfügung – von den Sportschuhen lag einer im See, zudem waren sie für den Berg nicht geeignet. Aber immerhin die Socken konnte er wechseln. Und die Wärmepads in die Schuhe legen, obwohl er sich die eigentlich für den nächsten Tag hatte aufheben wollen. Aber egal, im besten Fall war morgen bereits alles erledigt.

Der See als Falle war nun allerdings von der Liste der Möglichkeiten gestrichen. Und es hätte ohnehin nichts gebracht, Paul aufs Eis zu locken, wenn es schon zwei Meter vom Ufer entfernt brach.

Also weiter zum Zehnersteig. Das Intermezzo hatte ihn Zeit gekostet, und als Wolfram seinen Rucksack schulterte, hörte er, wie andere Wanderer sich näherten.

Waren das Ella und Paul? Konnten sie das sein?

Auf keinen Fall durften sie ihn sehen. Er beschleunigte seine Schritte, steuerte das Wäldchen an, das gleich hinter dem Schoppsee lag. Doch bevor er noch zwischen den Bäumen verschwand, war ihm klar, dass es Fremde waren, die da heranmarschierten. Er hörte, wie zwei Männer sich unterhielten, einer von ihnen lachte, und da tauchte die Gruppe auch schon in Wolframs Sichtfeld auf. Fünf Leute waren es, drei Männer, zwei Frauen, alle um die vierzig Jahre alt. Einer der Männer lief auf den See zu und tat so, als wolle er einen Kopfsprung hinein machen, bremste aber im letzten Moment ab. »Brauchst du 'ne Abkühlung?«, rief sein Weggefährte ihm hinterher.

Die Gruppe machte Rast, schoss Fotos, jemand zog eine Thermoskanne aus dem Rucksack und goss Tee in Plastikbecher. Auf die Idee, dachte Wolfram, hätte er auch kommen können. Tee wäre jetzt wundervoll gewesen, denn er fror entsetzlich in seiner dünnen Hose, durch die ungehindert der Wind fuhr.

Zudem machte er sich Sorgen. Was, wenn gleich Ella und Paul auftauchten und sich den fünf anschlossen? Dann war seine Chance vertan, er würde Pauls tödlichen Unfall nicht provozieren können, wenn er nicht sicher sein konnte, dass er der Erste war, der auf eine gewisse Stelle trat oder nach einem gewissen Seil griff. Und selbst wenn, würde er nicht als Ellas Retter auftreten können. Er musste die beiden alleine erwischen.

Eine Viertelstunde später zog die Gruppe zu seiner großen Erleichterung weiter, und Wolfram folgte ihr mit gebührendem Abstand, vage dankbar dafür, buchstäblich in ihre Fußstapfen treten zu können.

Die Wärmepads in seinen Schuhen taten ihren Job, doch sie richteten nichts gegen den Wind aus, der seine Beine taub werden ließ. Nach einer halben Stunde spürte er sie kaum noch.

Er blieb an einem der Aussichtspunkte stehen, von dem aus er einen großen Teil des zurückgelegten Wegs und auch den See überblicken konnte. Von hier aus würde er Ella und Paul auftauchen sehen, etwa vierzig Minuten bevor sie diese Stelle erreichten. Dann konnte er losstarten, konnte seine Falle vorbereiten und gemütlich von der Hängebrücke aus beobachten, wie sein Plan aufging. Er wollte nichts verpassen, wollte alles sehen.

Wie Paul abstürzte.

Wie sein Körper auf den Felsen aufprallte und tiefer rutschte.

Wie sein Kopf auf einem der Steine aufplatzte.

Wie Pauls Überreste eine lange, blutige Spur durch den Schnee in den Abgrund zogen.

Die Vorstellung wärmte ihn mehr als das Hüpfen auf der Stelle, mit dem er vor ein paar Minuten angefangen hatte. Die Fünfergruppe hatte jetzt sicher schon mit dem Begehen des Grats begonnen, würde demnächst über die Hängebrücke laufen und die Makartalm ansteuern. Sie war also aus dem Weg, sozusagen.

Wo blieben Ella und Paul?

Nach einer halben Stunde begann Wolfram, sich die Arme um den Körper zu schlagen, nach einer Stunde zitterte er unkontrolliert.

Was war geschehen? Hatten die beiden beschlossen, doch nicht loszugehen? Waren sie in ihrem Bett geblieben und taten dort Dinge, die ...

Das wollte er sich nicht vorstellen. *Das* nicht.

Kurz schöpfte er Hoffnung, als am Rand des Sees zwei Gestalten auftauchten, doch auch aus dieser Entfernung konnte er sehen, dass es nicht seine Zielobjekte waren. Sie trugen keine Rucksäcke, und sehr schnell gesellten sich zwei weitere Wanderer hinzu. Alles Frauen, wenn er es richtig erkannte. Die nur kurz blieben und wieder kehrtmachten, weiter als bis zum Schoppsee wollten sie offenbar nicht.

Unerträglich langsam schlichen die Minuten dahin. Lange konnte Wolfram hier nicht mehr stehen bleiben, es war bereits halb drei Uhr nachmittags, in zwei Stunden würde es dunkel werden. Er wartete noch eine knappe halbe Stunde, dann marschierte er los. Etwas musste geschehen sein, wahrscheinlich hatte Paul getrödelt, und sie waren zu spät aufgebrochen. Das letzte Stück würden sie also beim Hereinbrechen der Nacht wandern müssen. Was egal war, solange Ella nichts zustieß.

Die Kälte hatte seine Gelenke steif werden lassen, und jeder Schritt war anstrengend, jeder einzelne. Als er endlich den Zehnersteig erreichte, trieb Wolfram nur noch der Hass auf Paul weiter. Nein, korrigierte er sich, die Liebe zu Ella war es. Er tat das für sie. Für ihre gemeinsame Zukunft.

Er begann, den Weg hinaufzugehen, das erste, ungesicherte Stück. Achtete genau darauf, wohin er die Füße setzte. Links von ihm war noch knapp ein Meter Platz, von dort aus ging es steil bergab.

Etwa auf halbem Weg zu der Felstreppe rutschte Wolfram aus. Er musste auf eine vereiste Steinplatte getreten sein, jedenfalls hatte sein Schuh trotz der Spikes keinen Halt gefunden, war einfach unter ihm weggeglitten, und Wolfram fiel vornüber.

Er fing sich mit den Unterarmen, schlug sich aber trotzdem das Kinn auf, sah sein Blut auf schmutzigen Schnee tropfen.

Sein Blut. Die aufsteigende Wut wärmte ihn ein wenig. Wieder etwas, wofür Paul bezahlen würde. Die Rechnung wurde immer länger, und am liebsten hätte Wolfram sofort die Halteseile halb durchgeschnitten, kaum dass er bei der Felstreppe angekommen war, doch das wäre kurzsichtig gewesen. Wenn Paul voranging und Ella ihm folgte, würde er genau auf sie fallen, sobald ein Seil riss. Und sie würde ebenfalls stürzen, würde unter ihm zu liegen kommen. Am Ende wäre vielleicht sie tot und nicht er.

Nein, besser war es, eines der Halteseile am Grat zu beschädigen. Darüber balancierten die Wanderer meist einzeln, und Paul war exakt der Typ, der als Erster drüberlaufen und seiner Freundin am anderen Ende »musst dir keine Sorgen machen, ist wirklich easy« zurufen würde.

Außer natürlich, er verlor das Gleichgewicht, dann ging es rechts hundert Meter im freien Fall nach unten. Links waren es mehr, dafür fiel das Gelände nicht ganz senkrecht ab; ein paar Felsen würden den Sturz zwischendurch immer wieder bremsen.

Rechts, beschloss Wolfram, nachdem er den Balanceakt hinter sich gebracht hatte. Er zog sein Messer aus dem Rucksack und ging noch einmal ein paar Schritte zurück auf den schmalen Steinsteg. Es passte wirklich kaum die ganze Breite seines Schuhs darauf.

Er setzte die Klinge an und säbelte das Seil zu ungefähr drei Vierteln durch. Es würde halten, doch bei der ersten größeren Belastung reißen, da war Wolfram sicher. Zufrieden machte er sich auf den Weg zur Hängebrücke und wartete. Schon wieder.

Aber es passierte nichts. Niemand kam, nur der Wind frischte allmählich auf, und die Sonne sank in Richtung Gipfelspitzen. Wenn er den Rest der Strecke nicht in der Dämmerung zurücklegen und die Hütte im Licht seiner kleinen Taschenlampe suchen wollte, musste er demnächst hier verschwinden.

Das konnte doch alles nicht wahr sein. Ella und Paul hatten diesen Trip geplant, die Unterkünfte gebucht; er selbst hatte sie gestern noch in Felnitz gesehen. Hatten sie die Tour überhaupt begonnen? Vielleicht hatte einer von ihnen sich beim gestrigen Abendessen den Magen verdorben. Oder sich heute Morgen auf den ersten Metern den Fuß verstaucht.

Es half nichts, so frustrierend, so enttäuschend die Situation auch war, Wolfram musste weiter. Würde er morgen eben ins Tal zurückkehren und im Dorf nachsehen, ob Ellas Auto noch dastand. Möglicherweise hatte ein familiärer Notfall sie nach Hause gezwungen. Alles möglich, aber er würde es nicht herausfinden, wenn er weiter hier stand und in die immer dunkler werdende Tiefe starrte. Voller Erbitterung hob er seinen Rucksack auf die Schultern und tappte die Hängebrücke entlang, die besorgniserregend im Wind schaukelte.

Wäre es nicht ein Witz, wenn das Seil am Grat hielt und eine Böe Paul von der Brücke in die Tiefe schubste?

– Schubst vielleicht ja auch dich.

– Das würde dir gefallen, nicht wahr?

– Natürlich. Das müsstest du eigentlich verstehen.

– Wie wäre es, wenn du den Mund hältst, bis ich auf der anderen Seite bin?

– Wie das wäre? Langweilig. Upsi, jetzt schaukelt es ganz schön, oder? Und bei so etwas wird dir leicht übel, das wissen wir beide. Spürst du schon etwas? Ist dir flau im Magen?

Wolfram antwortete nicht, er hörte einen der Holzbalken unter seinen Schuhen knacken und beeilte sich, weiterzukommen. Die Spikes erwiesen sich bei der Überquerung als hinderlich, immer wieder bohrte sich einer von ihnen ins Holz, Wolfram musste ihn mit einem Ruck herausziehen und geriet ins Schwanken.

Auf der anderen Seite angekommen, keuchte er.

Die untergehende Sonne färbte die Berggipfel neu, in leuchtendes Orange, goldschimmerndes Rot. Vor Wolfram lag noch ein kleiner Aufstieg, oben am Ende des Hangs konnte er bereits die Makartalm sehen. Wie ein Kalendermotiv stand sie da, mit einer dicken Schneeschicht auf dem Dach, rechts und links flankiert von alten Tannen. Rauch stieg aus dem Schornstein auf, hinter den Fenstern brannte Licht. Ein Versprechen von Wärme und Behaglichkeit, das aber nicht gegen Wolframs tiefe Enttäuschung ankam.

Wie gerne hätte er diese letzten Meter gemeinsam mit Ella bewältigt, hätte ihr die Tränen vom Gesicht gewischt und mit seiner Fürsorge die Bilder von Pauls zerschmettertem Körper aus ihrem Kopf vertrieben.

Doch nun stapfte er alleine durch den Schnee, hinterließ bei jedem seiner Schritte einen tiefen, ovalen Krater.

Als er endlich an der Hüttentür ankam, fühlte er sich völlig erschöpft. Nicht nur körperlich, auch seelisch; er war innerlich bereit, seinen Plan aufzugeben. Morgen einfach wieder abzusteigen und nach Hause zu fahren.

Als er die Tür öffnete, schlug ihm Wärme und der Geruch von Suppe entgegen, aus dem Gastraum war Gelächter zu hören. Er ließ den Rucksack von den Schultern gleiten und hätte sich am liebsten auf der Stelle hingelegt, doch da kam ihm schon die Wirtin entgegen. »Hallo! Bist du einer von den Übernachtungsgästen?«

Das selbstverständliche »du« irritierte ihn, aber so war das nun mal in den Bergen.

»Ja. Wolfram Eschenauer. Ich habe reserviert.«

»Ja, ganz richtig! Sehr schön, Wolfram, komm rein! Du hast sicher Hunger?«

Erst wollte er verneinen, doch dann spürte er, wie die Essensdüfte ein leeres Ziehen in seinem Magen auslösten. »Ja, schon. Aber ich würde mich gern zuerst umziehen und meine nassen Sachen irgendwo zum Trocknen aufhängen. Gibt's hier eine Dusche?«

Es gab. Sie befand sich im Keller und war äußerst spartanisch, aber der Duschkopf spuckte warmes Wasser aus. Wolfram rieb sich die Zehen, deren Haut weiß und schrumpelig war wie die einer Wasserleiche. Er trocknete sich ab, zog frische Sachen an und hängte seine Hose an eine Wäscheleine neben der Heizung. Die Beine waren immer noch vollgesogen mit Seewasser, er wrang sie aus und hoffte, dass bis morgen alles trocken sein würde.

»Na, Wolfram, was magst du denn essen?« Die Wirtin empfing ihn lächelnd in der Gaststube, in der bereits zwei Tische besetzt waren. Einer von der Gruppe, die er am

See beobachtet hatte, der andere von drei Männern, die Karten spielten.

Er wählte Leberknödelsuppe, danach Gulasch und zuallererst einen Glühwein. So heiß hatte er gar nicht duschen können, dass er nicht innerlich immer noch fror.

Seine Suppe wurde gerade serviert, als die Hüttentür aufsprang und zwei Männer hereinkamen, sich die Stirnlampen und Mützen vom Kopf rissen und die Wirtin von Wolframs Tisch wegzogen. »Hallo, Lisi, können wir schnell telefonieren?« Nicht nur die Vertraulichkeit der Wirtin gegenüber, auch die Sprachfärbung verriet den Einheimischen. »Wir kriegen hier oben keinen Handyempfang, aber jemand muss die Bergwacht informieren.«

Lisi nickte und deutete auf den Apparat, der auf der Theke stand. »Ist was passiert?«

Wolfram hatte seinen Löffel so fest umklammert, dass die Kanten des Griffs sich in seine Handfläche gruben.

»Aber hallo«, sagte der zweite Mann. »Ich hätte fast einen Abflug in die Schlucht gemacht. Am Zehnersteig ist eines der Halteseile beim Grat gerissen, genau als ich an der schmalsten Stelle war.« Er schüttelte den Kopf. »Ich gehe da zweimal die Woche drüber, die Seile waren immer in Ordnung. Da hat jemand dran herummanipuliert.«

Wolfram war heiß geworden, noch bevor er den ersten Löffel Suppe zum Mund geführt hatte. Der zweite Mann blickte sich unter den Anwesenden um. »Ist jemand von euch heute über den Zehnersteig hergekommen? Ist euch etwas aufgefallen?«

»Wir!«, rief einer der Männer aus der Wandergruppe. »Aber da waren alle Seile in Ordnung. Glaube ich jedenfalls.«

Wolfram räusperte sich. »Ich bin auch über den Zehnersteig gekommen, knapp vor Sonnenuntergang. Aber aufgefallen ist mir nichts.«

Er hatte den Satz ohne Stottern oder andere Zeichen der Verlegenheit herausgebracht. Nun löffelte er seine Suppe, lauschte dabei aber aufmerksam auf das Telefongespräch an der Theke.

»Ja? Hier ist der Thomas. Am Zehnergrat ist eines von den Halteseilen gerissen, ihr dürft niemanden mehr raufflassen, bevor das nicht in Ordnung gebracht ist. Was? Ja, ich versteh's auch nicht. Ich fürchte, da hat jemand dran herumgesägt. Was? Genau. Arschloch.«

Die beiden Neuankömmlinge setzten sich an den Tisch schräg gegenüber und schälten sich aus ihren Jacken. Wolfram schob seinen leeren Teller von sich. »Glaubt ihr, es ist jetzt noch jemand draußen unterwegs? Also, in der Nähe vom Zehnersteig? Könnte da heute noch etwas passieren?«

Thomas, der Mann, der telefoniert hatte, überlegte kurz und schüttelte den Kopf. »Da müsste sich schon einer verirrt haben, aber der würde dann auch nicht in der Nacht zu klettern beginnen. Das wär ja Selbstmord.« Er nahm das Bier entgegen, das Lisi ihm brachte. »Bist du ganz allein unterwegs?«

»Ja.« Wolfram lächelte angestrengt. »Eigentlich wollte ein Kollege von mir mitkommen, aber der hat sich dann beim Tennis am Knie verletzt. Deshalb ...«

»Allein ist es hier nicht ungefährlich«, brummte der zweite Mann. »Und morgen soll das Wetter umschlagen. Soll wieder Schnee geben.«

Schnee? Wolfram schüttelte irritiert den Kopf. »Meine Wetter-App hat gesagt, es bleibt trocken. Wird zwar bewölkt sein, aber ...«

Thomas' Lachen ließ ihn seinen Satz unterbrechen. Es klang nicht gerade abfällig, aber ein wenig herablassend. Und gequält. »Vergiss deine Wetter-App. Du wärst nicht der erste Tourist, den wir mit dem Hubschrauber vom Berg holen müssen, weil er sich auf diesen Mist verlässt. Ich lebe seit über vierzig Jahren hier, und ich kann den Schnee riechen. Wirst sehen.«

Wolframs Gulasch wurde serviert, und er begann zu essen, dafür setzte die Wandergruppe das Gespräch mit den Einheimischen fort. »Sollen wir wieder zurückgehen? Wird es gefährlich morgen?«

Thomas zuckte die Schultern. »Kommt darauf an, wie viel es runterwirft. Zurückgehen könnt ihr aber auf keinen Fall, solange das Seil am Grat nicht erneuert ist. Ihr könntet Lisis Mann bitten, euch mit dem Jeep ins Tal zu fahren.«

Verbittert tunkte Wolfram ein Stück Semmel in den Gulaschsaft. Da hatte er jetzt eine Erklärung. Ella und Paul mussten mit Leuten aus dem Dorf geredet und eine Wetterwarnung erhalten haben. Deshalb waren sie nicht losmarschiert.

Er aß alles auf und ließ sich dann von Lisi seine Schlafstatt zeigen. Ein Matratzenlager in zwei Etagen, für insgesamt zwanzig Personen. Nachdem er der Erste war, der sich zurückzog, suchte er sich einen Platz ganz am Rand und schlüpfte in seinen Schlafsack.

Sich unverrichteter Dinge mit dem Jeep ins Tal fahren lassen. Was für eine Niederlage.

SAMSTAG

Die Nacht war schauderhaft gewesen. Wolfram war zwar sofort eingeschlafen, doch nach ein paar Stunden von mehrstimmigem Schnarchen geweckt worden. Rund um ihn war es so dunkel, dass er ebenso gut hätte blind sein können, und er hatte sich auf unangenehme Weise in seinem Schlafsack verheddert. Einer der Männer im Raum gab Geräusche von sich wie ein Sterbender, schnappte unregelmäßig nach Luft und murmelte gelegentlich Unverständliches. Niemanden außer Wolfram schien es zu stören, aber er konnte erst wieder einschlafen, als die Geräusche aufhörten. Entweder, der Mann hatte sich umgedreht, oder er war krepiert.

Ersteres, wie es schien, denn am Morgen waren alle noch am Leben. Und – die Sonne strahlte durch die Fenster der Gaststube. Während des Frühstücks diskutierte die Wandergruppe eifrig darüber, ob sie weitergehen oder sich nach Felnitz bringen lassen sollte, doch Wolfram hatte seinen Entschluss bereits getroffen.

Und sei es nur, um den arroganten Thomas Lügen zu strafen: Er würde weiterziehen. Von wegen Schnee riechen können. Das Wetter war prächtig, es war besser als gestern, und obwohl er nicht besonders gut geschlafen hatte, fühlte Wolfram sich ausgeruht. Beim Aufstehen hatte sein Knie protestiert, aber das würde sich im Lauf des Tages sicher bessern.

Lisi hatte verkündet, dass das kaputte Seil im Lauf des Tages ersetzt werden würde, und das eröffnete Wolfram eine neue Chance, seinen Plan zu verwirklichen: Wenn Ella und Paul heute beschlossen, die Tour zu beginnen, hatte er einen Tag Vorsprung. Er konnte ganz gemütlich bis zur Anzinger Hütte wandern und auf dem Weg bessere Fallen stellen. Effektivere. Er war noch nicht bereit, sein Vorhaben als gescheitert zu betrachten.

Gegen acht Uhr brach er auf, bei strahlendem Sonnenschein. Hose und Schuhe waren warm und trocken, der Schnee strahlte so hell, dass Wolfram seine Sonnenbrille aufsetzte.

Die erste Etappe würde ihn zum Achergraben führen und ein Kinderspiel sein gegen alles, was er gestern bewältigen hatte müssen. Ein Spaziergang mit nur wenigen sanften Steigungen. Den Rucksack auf den Schultern, von Lisi mit Wanderproviant ausgestattet, zog er los.

Das Erste, was ihm merkwürdig erschien, war, dass offenbar schon vor ihm jemand hier entlanggegangen war. Da waren Tritte im Schnee, große und kleinere. Dabei wusste Wolfram sicher, dass er als Erster von der Makartalm aufgebrochen war. Die Wandergruppe war in Streit geraten, die beiden Kartenspieler von gestern hatten sich mit Kaffee auf Liegestühlen in die Sonne gesetzt.

Eventuell Thomas und sein Kumpel? Waren die nicht gestern Abend noch ins Tal zurückgefahren worden?

Wolfram folgte dem Weg und den Spuren bis zur nächsten Anhöhe. Und dort sah er sie, höchstens zweihundert Meter entfernt.

Ella und Paul wanderten nebeneinander durch die Senke des Achergrabens, er in seiner blauen, sie in ihrer grünen Jacke. Sie hielten einander an den Händen; gelegentlich legte Ella den Kopf an seine Schulter. Vor einer kleinen, malerisch verschneiten Kapelle blieben sie stehen, Ella warf sich in Pose, und Paul schoss ein Foto.

Sie waren weit genug entfernt, um den überraschten Laut nicht zu hören, den er von sich gab. Wie war das möglich? Ganz bestimmt hatten sie nicht auf der Makartalm übernachtet, das wäre Wolfram nicht entgangen. Gab es eine andere Hütte in der Nähe? Oder hatten sie die erste Etappe übersprungen und sich am Morgen herfahren lassen – mit einem Jeep wie dem von Lisis Mann?

Ella drehte sich vor Pauls Handykamera. Sie hatte das Haar unter die Mütze gesteckt und hüpfte im Schnee herum, ließ sich dann rücklings fallen und begann, Arme und Beine scheibenwischerartig zu bewegen. Sein Schneeengel malte Schneeengel in die Landschaft.

Wolfram konnte kaum den Blick abwenden. So ausgelassen hatte er Ella noch nie gesehen, so unbeschwert. Sie ließ sich von Paul wieder auf die Beine helfen, drückte sich an ihn – aber immerhin küssten sie sich nicht. Paul zeigte ihr nur die Bilder und klopfte ihr dann den haften gebliebenen Schnee vom Rücken. Beide hoben ihre Rucksäcke auf und setzten ihren Weg fort.

Wolfram zögerte. Er durfte sie nicht aus den Augen verlieren, musste aber gleichzeitig genug Abstand halten, um nicht entdeckt zu werden. Ein Balanceakt, schwieriger als der über den Grat des Zehnersteigs.

Am besten, er hielt sich nahe am Waldrand. Dann konnte er schnell zwischen den Bäumen verschwinden, wenn einer der beiden sich umwandte.

Sie waren ihm voraus, damit hatte er nicht gerechnet. Und es war verdammt übel. Wie sollte er Paul zu Fall bringen, wenn er hinter ihm herschleichen musste?

Er holte sein Handy heraus, die Karten der Gegend hatte er gespeichert. Der nächste Stopp war der Reithfall, ein Wasserfall, den man von hier aus gemütlich in drei Stunden erreichen konnte.

Doch wie es schien, gab es eine Abkürzung, für die man zwar ein wenig klettern musste, dafür konnte man fast eine Stunde Zeit einsparen. Und man kam oberhalb des Wasserfalls an, während der andere Weg zu dessen Fuß führte.

Das eröffnete ganz neue Möglichkeiten.

Sein Knie protestierte kurz, als Wolfram loszog, deutlich schneller jetzt. In einem halben Kilometer Entfernung musste er sich links auf einen kleinen Waldweg schlagen und dann einen engen Pfad über die Felsen nehmen, der häufig wegen Steinschlags gesperrt war. Derzeit aber nicht. Und der Begriff »Steinschlag« hatte ihn eben auf eine neue Idee gebracht.

– Bist du sicher? Du weißt, das kann nach hinten losgehen.

– Ich weiß, was ich tue.

– Hm. Ich erinnere mich da an eine ganz gewisse Nacht, in der das nicht so war. Du dich doch auch, oder?

– Nicht jetzt, okay? Ich will keine Vorwürfe hören. Wenn es diesmal schiefgeht, ist es allein deine Schuld, weil du nie den Mund halten kannst.

– Aber du magst meine Stimme. Sie ist Musik für dich.

– Dann sing doch. Meinetwegen sing. Aber hör auf zu reden.

So sonnig der Tag auch war, der Waldweg lag zur Gänze im Schatten, und die Temperatur sank sofort um gut drei Grad. Der Schnee hatte an der Oberfläche eine Kruste gebildet, die Wolfram bei jedem Schritt durchbrach. Hier war das Gehen viel anstrengender, aber das Bild von Ella, wie sie da lag und Schneeengel spielte, trieb ihn voran.

Sobald er den Wald hinter sich gebracht hatte, lag der Felspfad direkt vor ihm. *Vorsicht Steinschlag!*, warnte ein verwittertes Schild, doch er wusste, dass dieses Problem hauptsächlich im Sommer bestand. Im Winter hielten Schnee und Eis das Geröll zusammen.

Allerdings war sofort klar, dass Wolfram seit Wochen der Erste sein musste, der diesen Weg betrat. Es war schattig hier, der Schnee lag knietief und war so hart gefroren, dass er Wolfram immer ein paar Schritte lang trug, nur um ihn dann überraschend einbrechen zu lassen.

Ohne die Spikes an den Schuhen hätte er sich hier nicht entlanggewagt. Aber so würde es gehen. Musste es.

Er begann, langsam seinen Rhythmus zu finden, als er beinahe auf etwas trat, das im Schnee festgefroren war. Rötlich, mit weißen Kristallen überzogen.

Ein toter Fuchs. Das Maul war halb geöffnet, die Zunge hing seitlich heraus.

Wolfram blieb stehen, voller Unbehagen. Das war kein böses Omen, bestimmt nicht, auch wenn er an sich selbst gern das eine oder andere Fuchsähnliche feststellte. Die Klugheit, die Listigkeit. Den Jagdinstinkt. Einer seiner Nicknames im Netz war Foxtrott, aber nicht des Tanzes wegen.

Er bückte sich und löste den Kadaver mit einem Ruck vom Eis. Es gab ein reißendes Geräusch, aber der Fuchs behielt seine Körperhaltung bei, steif wie ein Stück Holz.

Kein böses Omen. Ein Glücksbringer. Wolfram packte das tote Tier am Schwanz und nahm es mit sich. Vielleicht würde es noch nützlich sein. Während er weiter bergauf stieg, versuchte er, sich zu erinnern, wie der Fuchsschwanz in der Jägersprache hieß. Da gab es eine besondere Bezeichnung, und nach ein paar Minuten fiel sie ihm ein: Lunte.

Das passte ja. Eine Lunte konnte man zünden.

Der Aufstieg hatte es in sich, aber Wolfram erreichte sein Ziel etwa in dem Zeitraum, den er sich vorgenommen hatte. Nur zweimal waren ein paar Steinchen den Hang heruntergerutscht, an ihm vorbei. Völlig harmlos. Nun stand er auf der Kuppe, von der der Reithfall nach unten in einen Kessel stürzte, aus gut fünfzig Metern Höhe.

Normalerweise jedenfalls stürzte er, aber jetzt war er gefroren. Fünfzig Meter blankes Eis, das die darunterliegenden Steine verhüllte wie Glas. Wenn Ella sich nicht vor diesem Naturwunder fotografieren lassen wollte, wo dann?

Er nahm den Rucksack ab und legte behutsam den Fuchs daneben. Hier lagen Felsbrocken herum, mehr als nur einer, und Wolfram würde seine Auswahl mit Bedacht treffen müssen. Zu klein, und sie richteten nicht den gewünschten Schaden an. Zu groß, und er würde sie nicht richtig manövrieren können.

Sieben Brocken sammelte er zusammen, von der Größe einer Faust bis zu der eines Brotlaibs. Er suchte den idealen Platz, ein paar Meter links des gefrorenen Reithfalls. Dort ließ er den Fuchs in die Tiefe fallen.

Ausgezeichnet. Er war gut sichtbar auf steinernem Untergrund gelandet, und Wolfram brachte jetzt seine Geschosse in Position, exakt darüber. Es sollte wie das wirken, wovor auf der Tafel gewarnt wurde: Steinschlag. Der genau dann in die Tiefe poltern würde, wenn Paul den toten Fuchs begutachtete.

Wolfram kauerte sich hinter einem dürren Busch zusammen, die Steine in Griffweite. Er fror, sein Knie pochte, aber nichts würde ihn davon abhalten, geduldig zu warten. Wieder einmal.

Eine knappe Stunde dauerte es, bis er Pauls Stimme hörte. »Gleich sind wir da, gleich hast du's geschafft.« Wolfram glitt zu Boden, legte sich bäuchlings in den Schnee, vor sich die Steinbrocken. Wenn er ruhig lag, bot der Busch ausreichend Sichtschutz.

»Wir sind gut in der Zeit, wir machen Pause«, hörte er Paul sagen, dann tauchten die beiden zwischen den Bäumen auf. Ella leicht vorgebeugt, als hätte sie Seitenstechen und wäre bereits erschöpft. Paul dagegen wirkte gut gelaunt und so frisch, als hätte er bloß einen kurzen Spaziergang gemacht. Wie das blühende Leben selbst. Noch.

»Wir setzen uns kurz hierhin, hm? Möchtest du einen Kaffee?«

Ella nickte müde und sank auf einen kniehohen Stein, während Paul eine Thermoskanne aus seinem Rucksack fischte.

Er überfordert sie, dachte Wolfram, und die Wut schnitt beinahe schmerzhaft in sein Inneres. Auf Paul, natürlich, aber erstmals auch auf Ella, die nicht zu begreifen schien, dass der Mann, auf den sie sich eingelassen hatte, ihre Zuneigung nicht verdiente. Der Fuchs lag am Fuß des gefrorenen Wasserfalls, und keiner von beiden beachtete ihn. Ella, weil sie mit dem Rücken zu ihm saß, Paul, weil er nur Augen für Ella hatte.

Aber jetzt, endlich, nachdem er ihr Kaffee eingegossen hatte, bemerkte Paul den Köder zu guter Letzt doch. »Was ist denn das dort?«, hörte Wolfram ihn fragen. Und jetzt kam er näher, Schritt für Schritt. »Ich glaube, da liegt ein Tier. Könnte ein Fuchs sein!«

Noch zwanzig Meter, noch fünfzehn. Wolfram legte die flachen Hände gegen seine improvisierte Steinlawine. Er musste den richtigen Zeitpunkt erwischen, durfte nicht ungeduldig werden.

»Ja, wirklich ein Fuchs«, rief Paul. »Och, der Arme. Muss wohl krank gewesen sein. Schusswunden sehe ich keine.«

Jetzt. Jetzt hockte Paul sich vor den Kadaver, die Hände auf die Oberschenkel gestützt, den Kopf gesenkt. Perfekt positioniert.

Nicht zögern. Handeln, eine so gute Gelegenheit würde sich nicht noch einmal bieten. Wolfram schob die Steine auf die Kante zu, sah, wie der erste darüber kippte, sah aber auch, dass Ella aufgestanden war und ebenfalls auf den Fuchs zuging, dass sie gleich direkt hinter Paul stehen würde ...

Die Felsbrocken ließen sich nicht mehr aufhalten, sie kippten in den Abgrund, polterten in die Tiefe. Er robbte ein Stück nach hinten, hörte Paul »Achtung!« schreien, gleich danach einen dumpfen Schmerzenslaut, aber er konnte nicht sehen, was passiert war. Denn natürlich würde gleich einer der beiden nach oben schauen, schon allein, um abschätzen zu können, ob noch mehr Geröll lose war.

Und dann hörte er eine Stimme, die »Alles okay?« sagte. Pauls Stimme. Der widerliche Arsch lebte also noch, war wohl auch unverletzt geblieben, musste im letzten Moment zur Seite gesprungen sein.

Von Ella kam keine Antwort, vielleicht war sie nicht fähig zu sprechen. Bewusstlos. Oder sogar ...

Aber dann hätte Paul anders reagiert, oder? Nicht nur mit einem läppischen *Alles okay?*

»Warte, ich habe Pflaster im Rucksack«, hörte Wolfram ihn jetzt sagen. »Sieht nicht schlimm aus, es dürfte dich nur ein herumfliegender Steinsplitter getroffen haben.«

Wolfram atmete durch. Zumindest war die Katastrophe abgewendet, auch wenn alle seine Mühen umsonst gewesen waren. Ella hatte einen Kratzer abbekommen, weiter nichts, das war nicht schön, aber vielleicht zeigte es ihr, dass sie bei Paul nicht sicher war.

Vorsichtig schob er sich wieder näher an die Kante, bedacht darauf, kein Geräusch zu verursachen. Ella saß auf dem gleichen Felsen wie vorhin, während Paul an ihrem Gesicht herumwischte und sie mit zwei Heftpflastern versorgte – wo genau er sie hinklebte, konnte Wolfram nicht sehen, sie saß wieder mit dem Rücken zu ihm. Aber er sah sie während der Prozedur mehrmals zusammenzucken, wahrscheinlich war Paul viel zu grob. »Bis zu unserem Quartier sind es nur zwei Stunden«, sagte er und drückte ihr einen Kuss auf die Mütze. »Dort sehen wir uns den Kratzer noch einmal genauer an.« Er zog sie hoch, und sie machten sich auf den Weg.

– Ich habe es dir gesagt, oder nicht?

– Verschwinde!

– Du hast es verbockt. Paul hat nicht den kleinsten Kratzer abbekommen, dafür hättest du Ella beinahe erschlagen.

– Geh weg. Geh verdammt noch mal weg.

– Das sagst ausgerechnet du? Geh doch selbst weg. Ist ein ernst gemeinter Ratschlag, sei diesmal vernünftig. Jetzt kannst du es noch, bisher hast du keinen großen Schaden angerichtet. Lauf zurück zur Makartalm und lass dich mit dem Jeep ins Tal fahren.

– Ich höre dir überhaupt nicht mehr zu.

– Doch. Das tust du. Du kannst doch gar nicht anders, mein Lieber. Sieh nur, sie gehen schon weiter. Richtung Sprielhorn, nicht wahr? Das ist ein ziemlicher Aufstieg, schaffst du den?

– Alles schaffe ich. Alles. Wenn du mich nur in Ruhe lässt.

Er wartete, bis er keine Schritte mehr hörte und der Wind Pauls Stimme nicht mehr zu ihm trug, dann stand er mühevoll auf. Das lange Liegen im Schnee hatte seine Jacke zwar nicht durchnässt, aber die Kälte war durch alle seine Kleidungsschichten gedrungen.

Jetzt blies der Wind ihm direkt ins Gesicht, und ein Blick in den Himmel verriet Wolfram, dass von strahlendem Sonnenschein keine Rede mehr sein konnte. Die Wolken, die aufgezogen waren, hingen tief und wiesen alle denkbaren Schattierungen von Grau auf.

Mit steifen Beinen stieg er seitlich des Wasserfalls ab, über steiles, unwegsames Gelände; klammerte sich an Bäumen fest, um nicht abzurutschen. Zweimal blieb er mit seinem Rucksack hängen und wäre fast gestürzt, doch am Ende kam er unversehrt unten an.

Da lagen die Felsbrocken, die Paul verfehlt hatten. Der größte von ihnen war in mehrere Teile zersprungen, ein kleinerer hatte den toten Fuchs unter sich begraben.

Direkt daneben entdeckte Wolfram einen roten Fleck im Schnee, mehr einen Punkt, nicht größer als eine Cent-Münze.

Blut. Ellas Blut.

Auf dem Weg zu dem Stein, auf dem sie gesessen hatte, fanden sich weitere Spritzer; einen davon hob Wolfram mitsamt seinem weißen Rahmen vom Boden und betrachtete ihn. Überlegte, ihn sich vom Handschuh zu lecken, doch dann zerrieb er ihn bloß zwischen den Fingern. Kniete sich neben den Felsen, auf dem Ella gesessen hatte, und streichelte ihn. Zerstörte Pauls klobige, große Schuhabdrücke mit seinen eigenen.

Dann war es Zeit, weiterzugehen. Der Abstand zwischen ihm und seiner Liebsten musste jetzt groß genug sein. Wenn sie sich heute Abend auf der Anzinger Hütte begegneten, würde er sie nach ihrer Verletzung fragen. Mitfühlend. Mit leichtem Tadel für Paul in der Stimme, der nicht besser auf sie geachtet hatte.

Ja. So würde das sein.

Das Sprielhorn, das er davor noch bewältigen musste, erwies sich als zäher Gegner, aber vielleicht lag das auch am Wetter, das von Minute zu Minute schlechter wurde. Wolfram folgte den Fußspuren im Schnee, was gut klappte, auch als Nebel aufkam, in dem vereinzelte Flocken herumwirbelten.

Ich kann den Schnee riechen.

Er verjagte Thomas' Stimme aus seinem Kopf und konzentrierte sich auf seinen Weg. Einen. Schritt. Nach. Dem. Anderen. Es ging steil bergauf, und schon bald musste er haltmachen, um nach Luft zu schnappen.

Die Nebelschwaden vereinigten sich zu einer weißen Wand, der Schneefall wurde dichter. Wolfram starrte zu

Boden, waren da noch die Spuren, denen er folgte? Oder war er bereits vom Weg abgekommen?

Weiß, alles weiß. Himmel, Erde und Luft. Mit klammen Fingern holte er sein Handy heraus und öffnete die Navigations-App.

GPS-*Signal verloren*, stand quer über dem Display, und er musste sich beherrschen, damit er das Gerät nicht einfach ins weiße Nichts warf, das ihn umgab. Keine dummen Kurzschlusshandlungen jetzt, das Signal würde wiederkommen.

Thomas' Prognose bewahrheitete sich mit gnadenloser Konsequenz. Der Schnee, von dem am Morgen noch nichts zu erahnen gewesen war, fiel nun so dicht, dass er jegliche Spuren innerhalb kürzester Zeit bedeckte, den Tag verdunkelte und Wolfram die Orientierung nahm.

Solange er bergauf ging, musste die Richtung aber ungefähr stimmen, nicht wahr? Bei gutem Wetter war der Weg vom Reithfall zur Anzinger Hütte mit eineinhalb Stunden veranschlagt – er würde sicher die doppelte Zeit brauchen, und auch das nur, wenn er sich nicht verirrte.

Aufwärts also. Weiter. Hätte Wolfram geahnt, dass das Wetter so umschlagen würde, wäre er wohl doch zurückgegangen. Oder hätte den Abstand zwischen sich und Ella nicht so groß werden lassen – man sah gerade mal eine Armlänge weit, sie und Paul hätten ihren Verfolger nicht entdeckt.

Bäume, die sich plötzlich aus dem Nebel schälten. Unebenheiten im Gelände, die Wolfram immer wieder das Gleichgewicht verlieren ließen. Dann, auf einmal eine Felswand, die unbezwingbar vor ihm aufragte. Hier ging es nicht weiter, keine Chance. Aber dafür ahnte er jetzt, wo er sich befand. Das hier musste die Wand sein, die im

Sommer von Kletterern genutzt wurde, und wenn er damit recht hatte, musste er sich hier nach links wenden. Dabei nah an der Felswand bleiben, dann würde er demnächst auf den Weg stoßen, den er suchte.

– Hast du Angst?

– Vor ein bisschen Schnee? Mach dich nicht lächerlich.

– Vor dem Nichts. Vor dem Auslöschen deiner Welt. Das hier ist ein guter Vorgeschmack.

– Von wegen. Es ist nichts weiter als ein bisschen Schnee und Nebel. Außerdem weiß ich jetzt wieder, wo ich hinmuss.

– Bist du sicher? Es genügt doch ein falscher Tritt, ein kleiner Irrtum, was die Richtung betrifft, und schon geht es abwärts. Hundert, zweihundert Meter freier Fall, manchmal vielleicht gebremst durch einen Felsvorsprung, der dir den Leib aufreißt, die Organe zerquetscht, die Knochen bricht oder den Schädel zertrümmert. Ein falscher Schritt, und dein Leben besteht nur noch aus dem Warten auf den Aufprall. Und ein paar Sekunden Panik.

– Das wünschst du dir, oder? Das würde dir gefallen.

– Ich fände es ... wie soll ich sagen? Fair.

Er lachte grimmig auf und ging weiter. Gleich würde er sehen, wie sich ein Weg unter dem Schnee abzeichnete, gleich würde der Boden fester werden. Und bald, in nicht allzu langer Zeit, würde er Lichter durch das Weiß schimmern sehen. Die Fenster der Anzinger Hütte.

Ella und Paul würden natürlich schon da sein. Er war nicht sicher, welche Taktik er verfolgen sollte, beide Möglichkeiten war er im Kopf mehrmals durchgegangen: Er konnte die beiden so neutral behandeln wie alle anderen Gäste der Hütte. Nachlässig grüßen und sie ansonsten ignorieren.

Oder er konnte ihre Nähe suchen. Mit ihnen ins Gespräch kommen, ein wenig vorfühlen, wie die Stimmung zwischen den beiden war. Ein loses Band knüpfen, vielleicht, und ...

Der Gedanke riss so plötzlich ab, wie Wolfram den Boden unter den Füßen verlor. Einen Atemzug lang dachte er, es wäre nun doch passiert, er hätte sich in der Richtung geirrt und würde in die Tiefe stürzen.

Doch er war nur ausgerutscht und lag jetzt vornüber im Schnee, der sein Gesicht bedeckte und ihm in den Kragen drang. Es fühlte sich an, als würden ihm eiskalte Nadeln in die Haut stechen.

Wolfram kämpfte sich wieder auf die Beine, mehr wütend als erschrocken. Er würde es allen heimzahlen – Paul, Thomas, den Leuten, die die Wege hier so erbärmlich schlecht ausschilderten –, und vielleicht sogar Ella, irgendwann. Er würde sie wissen lassen, was er ihretwegen durchgemacht hatte. Es ihr zeigen.

Aber erst musste er diese Dreckshütte erreichen.

Blind tastete er sich weiter, Schritt für Schritt, bedacht darauf, nicht wieder den Boden unter den Füßen zu verlieren. Und dann – endlich – war da etwas wie ein Weg unter all dem Schnee, eine erkennbare Linie, der er folgen konnte.

Es ging jetzt ein wenig schneller voran, allerdings lief ihm Tauwasser in den Kragen und durchnässte sein Shirt; an den Rändern seiner Handschuhe gefror Eis zu kleinen Klumpen und rieb seine Handgelenke wund.

Garantiert war er der Letzte, der sich noch hier draußen herumtrieb, bei Nebel und Schneefall, der zunehmend zu einem Schneesturm wurde. Und noch immer keine Spur von der Hütte.

Was, wenn auch noch die Dunkelheit hereinbrach? Er hatte sein Zeitgefühl verloren, wollte aber nicht seine Armbanduhr unter den sie bedeckenden Stoffschichten befreien. Nur ja kein Stück Haut mehr der Witterung aussetzen als unbedingt nötig.

So ähnlich musste man sich in der Hölle fühlen. Alleine und blind im Nichts, gezwungen, weiterzugehen, obwohl der ganze Körper schmerzte und mit jeder Bewegung an Kraft einbüßte.

Als Wolfram schließlich Lichter im wirbelnden Weiß sah, glaubte er zuerst an eine Täuschung. Irrlichter, dachte er, wie in den alten Sagen aus den Bergen. Heimtückische Geister, die verirrte Wanderer in den Abgrund lockten.

Doch die Lichter blieben, gelb und warm, nahmen Kontur an. Die Hütte lag direkt vor ihm, und hinter erleuchteten Fenstern bewegten sich Menschen.

Seine Knie gaben nach, als wäre das nahe Ziel bereits erreicht. Wieder stürzte Wolfram in den Schnee, begraben unter der Last seines Rucksacks. Er fluchte nicht einmal mehr, sein Kopf lag tief in einem weichen Neuschneehaufen, sein Mund füllte sich mit nasser Kälte.

Was, wenn er einfach liegen blieb? Man konnte in frischem Schnee ersticken, das wusste er. Es wäre so leicht. Aufgeben, loslassen. Unter einer Decke aus funkelnden Kristallen verschwinden, von dem keiner so aussah wie der andere.

So verlockend.

Doch tief in seinem Inneren wusste Wolfram, dass das ein Fehler wäre. Er war der Jäger in diesem Spiel, nicht das Opfer. Daher würde er nicht verlieren, sondern sich wieder aufraffen und diese letzten Meter auch noch bewältigen.

Es dauerte Minuten, bis er auf den Füßen stand, schwankend und mit den Armen um Gleichgewicht rudernd. Der Rucksack zog ihn nach hinten, der Schnee klebte ihm noch im Gesicht, aber er bewegte sich vorwärts.

Ein paar Minuten noch, dann würde er in die Hütte treten, einem Yeti gleich, unkenntlich und furchterregend. Ein brennendes Holzscheit aus dem Kamin reißen und es Paul in den Rachen stopfen, bis er von innen rot glühte, und sich dann an seinem verschmorenden Körper wärmen.

Nein. Natürlich würde er das nicht tun. Er würde die beiden nicht beachten und sich bloß trockenlegen. Etwas essen. Tee trinken, viel Tee mit Rum.

Es war nicht mehr weit.

Als er bereits die einzelnen Bretter der grün gestrichenen Eingangstür erkennen konnte, stürzte er noch einmal, grundlos. Aus reiner Schwäche. Sein Knie pochte, in seinem Rücken hatte etwas geknackt, und er schloss die Augen. Fünf Minuten würde er ausruhen, und dann weitergehen oder auch robben, aber erst musste er neue Kräfte samm…

»He!« Eine männliche Stimme, eine kräftige Hand, die an seiner Schulter rüttelte. »He, hörst du mich? Bist du in Ordnung?«

Jemand hob seinen Kopf am Kinn hoch, ein junger Kerl mit rötlichem Bart, in dem sich die Schneeflocken fingen. »Nicht schlappmachen jetzt, bist doch schon angekommen!«

Er half Wolfram auf die Beine, stützte ihn bis zur Hütte. Dort nahm ihn der Wirt in Empfang, ein Koloss von einem Mann, knapp zwei Meter groß. »Na Wahnsinn, da erfriert mir der fast, nur zehn Meter von der Hütte entfernt. Es ist schon ein Kreuz mit den Touristen, können keinen Wetterbericht lesen.« Er fasste Wolfram unter, befreite ihn von seinem Rucksack und bugsierte ihn im Vorraum auf einen Stuhl. »So, jetzt steigst du einmal aus deinen nassen Sachen. Da hast du eine Decke, in die wickelst du dich ein, und dann trinkst einen Glühwein.« Er riss die Tür zur Gaststube auf. »Hanna? Einen Glühwein, einen großen.«

Wolfram hätte lieber geduscht als sich betrunken, aber der Wirt ignorierte seine schwachen Einwände. »Erst gehst du mit mir ins Warme.«

Er ließ sich in den holzgetäfelten Raum schieben und auf eine Bank direkt an dem grünen Kachelofen drücken, der die ganze Stube heizte. Vor ihm stand ein Krug voll mit rot schäumendem, nach Gewürzen duftendem Glühwein, doch Wolfram hatte keinen Sinn dafür.

Er musterte die anderen Gäste, suchte Pauls breiten Rücken, Ellas blondes Lockenhaar. Doch wie es aussah, waren die beiden nicht hier.

Das war keine gute Nachricht, auch wenn es ihn beruhigte, dass sie seinen peinlichen Auftritt verpasst hatten. Sie waren doch vor ihm losgezogen und mussten erst später auf ihrem Weg vom Wetter überrascht worden sein. Hatten sie sich trotzdem verirrt? Oder waren sie so erschöpft gewesen, dass sie sich gleich schlafen gelegt hatten?

Er nippte am Glühwein, spürte, wie er ihm heiß durch die Kehle bis in den Magen lief. »Wo sind die Schlafplätze?«, fragte er den Wirt, als der das nächste Mal vorbeikam. »Kann ich mir die ansehen und meine Sachen hinbringen?«

»Oben.« Der Wirt wies auf eine Treppe am anderen Ende der Stube. Wolfram tappte in Socken hinauf und fand einen ausgebauten Dachboden vor, mit insgesamt acht Stockbetten. Auf zwei davon waren bereits Schlafsäcke deponiert. Schlafgäste waren noch keine hier.

Wolfram kehrte in die Gaststube zurück, blickte sich noch einmal suchend um, aber von Ella und Paul war nach wie vor nichts zu sehen.

»Ich habe vorhin noch Wanderer draußen gesehen«, sagte er in den Raum hinein, zu niemand Bestimmtem. »Eine Frau und einen Mann, die waren auch auf dem Weg hierher, glaube ich. Hoffentlich ist ihnen nichts zugestoßen.«

Der Wirt schüttelte beruhigend den Kopf. »Wenn da noch jemand ist, wird Christian ihn finden. Der kommt jeden Abend über den Weg hier rauf, der merkt sofort, wenn etwas nicht stimmt. Hat schon ein paarmal Leute mitgenommen, die sich verlaufen haben.«

Wolfram verbiss sich weitere Fragen, aber er ließ die Tür nicht mehr aus den Augen. Wartete auf das knirschende Geräusch von Schuhen im Schnee, doch alles, was er hörte, war das Knacken der Holzscheite im Ofen und die Gespräche der anderen Gäste. Ein wenig später dann die Musik, die der Wirt auf der Ziehharmonika spielte.

Obwohl er sich den ganzen Tag lang körperlich angestrengt hatte, verspürte er kaum Appetit. Er säbelte und kaute lustlos an den Bratwürsten herum, die man ihm serviert hatte. Mit Sauerkraut. Auch das noch.

War Ella immer noch draußen in diesem Schneesturm? Vor dem dunklen Hintergrund der Nacht konnte man die Flocken an den Fenstern vorbeirasen sehen, beinahe waagerecht. Der Wind musste jetzt schneidend kalt sein. Wer sich bisher noch keinen sicheren Ort gesucht hatte, um den Wettereinbruch zu überstehen, würde die Nacht kaum überleben.

Oder waren Paul und Ella umgekehrt? War Ella doch schwerer verletzt gewesen, und sie hatten den Weg ins Tal eingeschlagen?

Wolfram schrak hoch, als die Tür zur Gaststube sich öffnete und eine große, schneeverkrustete Gestalt eintrat. Nicht Paul, sondern Christian, wie sich nach der Begrüßung durch den Wirt herausstellte. Der Mann bestellte ein großes Bier und verschwand dann noch einmal in den Vorraum, um seine Überkleidung abzulegen. In Jeans und Pulli kam er zurück, blickte sich um und deutete auf einen Stuhl an Wolframs Tisch. »Ist es okay, wenn ich mich zu dir setze?«

Wolfram nickte, ein wenig perplex, waren doch fast alle Tische in der Stube frei. Aber dann begriff er, dass es Christian nicht um seine Gesellschaft, sondern um die Nähe des Kachelofens ging, an den er jetzt beide Handflächen legte.

»Sauwetter«, stellte er zufrieden fest.

»Ja. Schlimm.«

»Aber nur, wenn man im Freien ist. Wenn man im Warmen sitzt, gibt's nichts Gemütlicheres, als zuzusehen, wie draußen die Welt untergeht.«

Das war ein Stichwort, das Wolfram sich nicht entgehen lassen konnte. »Hast du denn draußen noch jemanden gesehen? Eigentlich müssten noch zwei Leute auf dem Weg hierher sein. Ein Mann und eine Frau.«

Christian stutzte, schüttelte dann aber entschieden den Kopf. »Kann nicht sein. Die wären mir aufgefallen, man kann ja nicht großartig von der Strecke abkommen. Außer, man biegt beim Seckerblick falsch ab, in Richtung Rieder Scharte.« Sein Blick umwölkte sich. »Das wäre ... schlecht. Wenn man das Gebiet nicht kennt, reicht ein falscher Tritt, und man fliegt ab.« Er deutete zu Boden, wie um zu demonstrieren, in welche Richtung der Flug gehen würde. »Bist du sicher, dass die noch unterwegs sind?«

Nein, ganz sicher konnte Wolfram sich nicht sein. »Vielleicht haben sie auch kehrtgemacht.«

»Wahrscheinlich.« Christian ließ sich nur zu gerne beruhigen, wie es schien.

SONNTAG

Die halbe Nacht lang lag Wolfram wach und fragte sich, wie es Ella jetzt wohl ging. Ob sie warm an Paul geschmiegt in einem Bett oder zusammengekauert in einer Schneemulde lag, in der sie langsam erfror.

Keine der beiden Vorstellungen behagte Wolfram. Ebenso wenig wie das Schlafen in Mehrbetträumen – es gab wieder einen Kampfschnarcher hier im Dunkel, der unmenschliche Geräusche von sich gab. Wahrscheinlich Christian.

Im Lauf der Nacht musste Wolfram aber doch eingeschlafen sein, denn er erwachte mit einem Ruck, als jemand an den Stangen des Betts rüttelte. Christian.

»Guten Morgen! Roland sagt, wenn du Frühstück willst, sollst du dich beeilen!«

Oh Gott, hatte er verschlafen? Er blinzelte in Richtung Fenster. Hell war es draußen, sonnig nicht. »Ja. Danke. Ich komme gleich.«

Schinken-Käse-Omelette, Milchkaffee und übersüßer Multivitaminsaft. Wolfram schlang alles hinunter, ohne viel davon zu schmecken.

Er versuchte, das Wetter einzuschätzen. Der Schneefall hatte aufgehört, die Welt war farblos geworden. Grauer Himmel, schwarze Felsen, weißes Land. Als wäre der Berg über Nacht von Depressionen heimgesucht worden.

»Was schätzt ihr?«, fragte er Christian und den Wirt. »Wie wird das Wetter?«

»Nicht so schlimm wie gestern«, erklärte Christian, und der andere nickte. »Aber sonniges Winterwunderland kannst du vergessen. Die nächsten paar Stunden bleibt es windig, denke ich, und ein bisschen Schneefall wird's auch wieder geben. Aber der wird harmlos sein.«

Später, als Wolfram frische Funktionsunterwäsche, Baumwollshirt und Fleecepullover anzog, überlegte er, wie er jetzt weitergehen sollte. Zurück, auf schnellstem Weg nach Felnitz? Weiter bis zur Schrinneralm, der geplanten Tour folgend?

Oder einen Abstecher zur Rieder Scharte machen? Falls Paul und Ella wirklich falsch abgebogen waren, würde er sie dort vielleicht finden. Mit blauer, vereister Haut, steif gefroren.

Wollte er das? Konnte er das? Der Anblick der toten Ella würde die Freude über Pauls Ende auf jeden Fall zunichtemachen.

– Aber darüber würdest du hinwegkommen. Das weißt du, nicht wahr?

– Irgendwann vielleicht. In ein paar Jahren. Aber wahrscheinlich nicht. Könnte auch sein, dass ich mich neben sie lege, sie in die Arme nehme und nicht mehr aufstehe. Ich weiß es nicht.

– Ich glaube, ich weiß es.

– Jaja. Du hältst dich immer für so schlau.

– Geh einfach zurück ins Tal, Wolfram. Setz dich in dein Auto und fahr nach Hause.

– Darauf habe ich schon gewartet. Ich sage es dir zum hundertsten Mal: Hau ab! Ich kann niemanden um mich brauchen, der nur will, dass ich scheitere. Der dabei sein will, wenn ich aufgebe.

– Ich soll wirklich gehen? Bist du sicher?

– So sicher war ich mir in meinem ganzen Leben noch nicht.

– Na gut. Dann bist du ab jetzt auf dich allein gestellt. Wir sehen uns wieder, wenn alles vorbei ist.

– Danke, kein Interesse.

– Nicht deine Entscheidung.

Wolfram trat hinaus in den trüben Morgen. Er musste sich nicht sofort auf eine Route festlegen, die Weggabelung lag über einen Kilometer entfernt. Er konnte seine Wahl spontan treffen, sobald er dort war.

Es widerstrebte ihm innerlich, die Tour einfach abzubrechen und zurückzugehen. Gestern, während des Schneesturms, hatte er sich geschworen, diese Scheißberge sofort hinter sich zu lassen, wenn er überlebte. Aber heute sah die Welt anders aus. Nicht freundlicher, aber ... unentschlossen. Als warte sie ab, was als Nächstes passierte, bevor sie wieder mit Sturm und Schnee um sich warf.

Die Weggabelung am Seckerblick war schneller erreicht, als Wolfram erwartet hatte. Rechts ging es zurück zum Reithfall, schräg links begann die für den heutigen Tag vorgesehene Route: Sellerboden, Habichtsfall, Lichtsteig, Elleralm.

Die dritte Möglichkeit bestand darin, sich scharf nach links zu wenden und einen schmalen Weg zu nehmen, der sanft bergauf führte. Zur Rieder Scharte, die Christian erwähnt hatte.

Sah eigentlich aus, als wäre es eine Strecke, die leicht zu bewältigen war. Und Wolfram konnte schließlich jederzeit umkehren, falls das Wetter umschlug. In weniger als einer Stunde wäre er wieder an der Anzinger Hütte und würde Glühwein in sich hineinschütten.

Er drehte sich einmal um sich selbst, immer noch unentschlossen. Und dann stach ihm etwas ins Auge, direkt an dem Pfad zur Rieder Scharte. Es schimmerte grün durch den Schnee hindurch, und es war ganz sicher kein Gras.

Wolframs Beine setzten sich wie von selbst in Bewegung. Der nächtliche Schneefall hatte den Weg zugedeckt, es war nicht zu erkennen, ob gestern hier Menschen gegangen waren. Aber das kleine Stück Grün ragte heraus, was wohl daran lag, dass es sich an einem dürren Strauch am Wegesrand verfangen hatte.

Ein Schal. Dickes, weiches Strickgewebe, jetzt hart gefroren. Wolfram befreite das eine Ende aus den Ästen des Strauchs und zog den Rest unter dem Schnee hervor. Schüttelte ihn ab und vergrub das Gesicht in der Wolle.

Ja, kein Zweifel. Chanel No19, Ellas Parfum. Das wusste er – er hatte einmal mit ihr über das Thema gechattet, als Rike natürlich. Ella hatte geschrieben, sie sei vor zwei Jahren auf Chanel No19 gestoßen und seitdem süchtig danach.

Wolfram, der keine Ahnung von Parfums hatte, war danach regelmäßig in Drogeriemärkten ans Chanel-Regal gegangen und hatte No19 auf eines der Teststreifchen gesprüht, um es später unter sein Kopfkissen zu legen. Hatte es manchmal sogar aufs eigene Handgelenk gerieben, er kannte den Duft also in- und auswendig.

Zudem war der Schal grün, er passte zu Ellas Winterausrüstung, sie achtete auf solche Dinge. Damit war seine Entscheidung gefallen. Auch wenn Christian diesen Weg als gefährlich beschrieben hatte. *Dort reicht ein falscher Tritt und man fliegt ab*, hatte er gesagt.

Wolframs Herz begann zu hämmern. Zum ersten Mal, seit er zu dieser Reise aufgebrochen war, machte er sich ernsthaft bewusst, dass auch Ella etwas zustoßen konnte. Vielleicht schon zugestoßen war.

In diesem Fall wäre sein Leben nun leer. Sinnlos. Vorbei, eigentlich.

Er musste sich vergewissern, sosehr er auch fürchtete, auf dem Weg über ihren toten, steif gefrorenen Körper zu stolpern. Immerhin bestand die Möglichkeit, dass sie Unterschlupf gefunden hatte, dass sie zusammengekauert in einer windgeschützten Ecke auf Hilfe hoffte, während Paul im besten Fall tot war.

Seine Leiche zu sehen wünschte er sich fast so sehr, wie Ellas lebendigen Körper in die Arme schließen zu können. Es war frustrierend, wenn man das Ergebnis der eigenen Anstrengungen nicht betrachten konnte. Bei dem Typen, den er von der Straße abgedrängt hatte, war das nicht möglich gewesen, klarerweise.

Bei Niklas aber schon.

Er war nicht Ellas Lover gewesen, sondern Adinas. An beide dachte Wolfram nicht gerne, sie waren ein Teil seiner Vergangenheit, den er gerne vergessen hätte. Klappte nur leider nicht.

Niklas war Musiker gewesen – freundlich, blond, bei Weitem nicht so durchtrainiert wie Paul. Aber jemand, der das Wasser liebte. Wolfram hatte begonnen, bei ihm Klavierstunden zu nehmen, war danach oft noch auf einen Kaffee geblieben, hatte erfolgreich versucht, eine Freundschaft in die Wege zu leiten.

Jedes Mal, wenn Niklas begann, von Adina zu sprechen, war Wolfram ihm an die Gurgel gegangen – in seiner Fantasie. Hatte sich ausgemalt, wie er ihm die Augen ausstechen, ihm die Zunge herausschneiden, ihm die geschickten Pianistenfinger abhacken würde, einen nach dem anderen.

Was in der Praxis natürlich unmöglich war. Er musste sich ein weniger spektakuläres, weniger befriedigendes, dafür aber unverdächtigeres Ende für Niklas ausdenken.

Also lud er ihn zum Segeln ein. Er hatte ein Boot gemietet, an einem See, den er gut kannte, und drei Flaschen Wein eingepackt. Natürlich segelte er alleine los; Niklas holte er eine Stunde später von einem Steg an der Straße ab.

Sie schipperten kreuz und quer über den See, wobei Wolfram darauf achtete, anderen Booten nicht zu nahe zu kommen. Sie unterhielten sich, sie lachten. Und sie tranken. Niklas war ein Genießer, er liebte die schönen Dinge des Lebens, und Wein gehörte dazu. Beim vierten Glas merkte er kurz an, dass sich wohl etwas wie Bodensatz gebildet habe, kam aber nicht auf die Idee, dass es sich um zwei aufgelöste Schlaftabletten handeln könnte. Er verzog nur ein wenig das Gesicht, erwähnte einen leichten Korkgeschmack und redete dann weiter von Adina. Dass sie zusammenziehen würden, bald.

Als er sich nach dem fünften Glas schwankend ans Heck stellte, um zu pinkeln, genügte ein sanfter Schubs. Danach holte Wolfram die Leinen dicht und steuerte seinen Ausgangspunkt an. Er hörte Niklas nicht schreien. Es musste schnell gegangen sein.

Vier Tage später zogen sie Niklas' Leiche aus dem Wasser. Wolfram hatte sich extra ein Zimmer nah am See genommen, weil er es nicht verpassen wollte, und er interpretierte die Sirenen der vorbeibrausenden Einsatzfahrzeuge richtig. Mischte sich unter die Menge der

Schaulustigen, als der abgedeckte Körper von einem Polizeiboot ans Ufer gebracht wurde.

Man sah nicht viel von Niklas, nur eine schwammig aufgequollene Hand, die halb unter der Plane hervorlugte. Weiß wie ein Fischbauch. Keine Rede mehr von Pianistenfingern.

Beschwingt fuhr Wolfram zwei Tage später wieder nach Hause, niemand hatte ihn befragt, niemand verdächtigte ihn. Die Rechtsmedizin hatte beträchtliche Mengen an Alkohol und Schlafmittel im Blut des Toten gefunden; man ging von einem Unfall oder Suizid aus.

Nun würde alles gut werden, perfekt geradezu, hatte Wolfram gedacht – war ja nicht zu ahnen gewesen, wie dämlich Adina sich verhalten würde.

Er schüttelte die Erinnerung ab, wickelte sich Ellas eiskalten, nassen Schal um den Hals und beschleunigte seine Schritte. Es war keine Zeit mehr zu verlieren, er hatte bereits unverantwortlich lange getrödelt.

Den Blick zu Boden gerichtet, suchte er nach weiteren Spuren. Einem Handschuh vielleicht, oder wenigstens einem erkennbaren Schuhabdruck. Doch der Schnee hütete seine Geheimnisse gut, also folgte Wolfram dem, was er für den Wanderweg hielt.

Schien, als liege er richtig: Nach etwas mehr als einer halben Stunde gelangte er an eine windgeschützte Stelle zwischen drei Felsbrocken, wo bis vor Kurzem etwas gestanden haben musste. Auf einer Fläche, ungefähr zwei mal eineinhalb Meter groß, war der Schnee weggeschmolzen und hatte platte, graugrüne Grashalme auf graubrauner Erde entblößt. Daneben lag ein Zigarettenstummel. Ein paar Meter weiter hatte jemand an den Waldrand gepinkelt, an mehreren Stellen, die gelben Spuren waren deutlich sichtbar.

Und hier führten nun auch Fußspuren weiter. Wolfram sank auf die Knie, begutachtete sie eingehend. Sie stammten von zwei verschiedenen Personen, mindestens. Die eine trug Schuhgröße dreiundvierzig oder vierundvierzig. Die zweite höchstens neununddreißig. Eher achtunddreißig.

Es war nicht schwer, sich zusammenzureimen, was passiert war: Paul und Ella hatten hier übernachtet, sie mussten eine Art Zelt dabeihaben, in dem sie das Dreckswetter irgendwie überstanden hatten. Heute Morgen waren sie weitergezogen. Aber sie hatten den Fehler in ihrer Route nicht korrigiert, waren nicht umgekehrt und in Richtung Sellerboden gegangen, sondern weiter auf die Rieder Scharte zu. Vor der sowohl Christian als auch die Wirtin seiner Pension gewarnt hatten.

Paul musste wirklich ein Idiot sein, wenn er seinen Irrtum auch bei Tageslicht nicht bemerkte. Aus den Tiefen der Jacke zog Wolfram sein Handy und öffnete die Navigations-App, möglicherweise liefen die beiden gar nicht in die Irre, sondern dieser Weg führte doch an ein Ziel, zu einer anderen Hütte.

GPS-*Signal verloren.*

Verdammt, das war doch nicht möglich, nur wegen dem bisschen Wolkendecke. Er seufzte und marschierte weiter, bekam dabei das Bild von Niklas' Fischbauchhand nicht aus dem Kopf. Wieso fiel ihm das ausgerechnet heute wieder ein?

Egal, die Spuren, die vor ihm lagen, waren klar: Ella und Paul waren diesen Weg gegangen. Im schlimmsten Fall kehrten sie demnächst um und kamen ihm entgegen – dann musste er eben schnell in den Wald springen.

Es ging jetzt steiler bergauf, und nun begriff Wolfram, was Christian gestern gemeint hatte: ein falscher Tritt – und Abflug. Der Pfad war abschüssig und kaum gesichert, wenn man sich zu weit rechts hielt, rutschte mit Geröll vermischter Schnee über die Kante, von der aus es fast senkrecht abwärtsging.

Sollte jemand ihm hier entgegenkommen, würde es schwierig werden, sich aneinander vorbeizuschieben. Dafür wäre es ein Leichtes, sein Gegenüber aus dem Gleichgewicht zu bringen und – tja. Auf Wiedersehen, Paul.

Allerdings würde Ella dann möglicherweise ihm die Schuld geben, und die Wahrscheinlichkeit, dass sie ihn trotzdem als den Mann ihres Lebens erkannte, würde rapide sinken. Wolfram konzentrierte sich darauf, jeden Schritt sorgfältig zu setzen. Er war den beiden gegenüber im Vorteil, er hatte die Nacht in einem warmen Bett verbracht und war einigermaßen ausgeruht. Auch wenn das Knie sich immer häufiger bemerkbar machte.

Ella und Paul mussten hingegen völlig erschöpft sein. Ein Wunder, dass ihnen nicht der Sturm das Zelt verblasen hatte. An Schlafen war unter solchen Bedingungen kaum zu denken.

Er schüttelte den Kopf, und im gleichen Moment rutschte er mit dem rechten Fuß ab, stolperte, sah sekundenlang den Abgrund vor sich, bevor er sich an einem jungen Baum festhalten konnte.

Keuchend fand er sein Gleichgewicht wieder, spürte immer noch den Sog der Tiefe, die sich vor ihm geöffnet hatte. Ein weißer Schlund mit Felsenzähnen.

Nun hielt er sich so weit links, wie es nur möglich war. Der Aufstieg musste bald geschafft sein, hoffentlich, denn er fühlte jeden Muskel in den Beinen.

Und dann war er oben, auf einer Art Plateau, auf dem der Wind den Schnee zu bizarren Gebilden geformt hatte. Wie Wellen, die gefroren waren, bevor sie an den Felsen brechen konnten.

Sofort hatte er die Worte seiner Wirtin wieder im Ohr, die ihm von dem abgestürzten Touristen erzählte. *Er wollte am Rand des Plateaus eines von diesen Selfies machen und ist abgerutscht.*

Ein Plateau. Dieses Plateau. Achtzig Meter. Die Fußspuren zogen eine gekrümmte Linie durch die funkelnde Landschaft. Wolfram folgte ihnen mit dem Blick und entdeckte am Ende der Hochebene endlich die Menschen, deretwegen er hier war. Einen, den er liebte, und einen, den er töten würde.

Das Töten musste zuerst kommen. Es stellte sich nur die Frage, auf welche Art. Paul und Ella standen mit dem Rücken zu ihm und schienen in die Tiefe hinunterzuschauen. Knapp, zu knapp am Rand. Sie hielten sich an den Händen, als wollten sie gemeinsam springen, doch dann zog Ella Paul einen Schritt zurück, und er legte ihr den Arm um die Taille.

Sie schienen Pause zu machen, ihre Rucksäcke standen an einen Baumstumpf gelehnt. Aber was dann? Gab es von hier aus einen Weg, der weiterführte? Oder würden sie gezwungenermaßen umkehren müssen?

Wolfram verharrte geduckt hinter einem der vom Wind gemeißelten Schneegebilde. Wenn er Anlauf nahm und Paul einen Stoß in den Rücken versetzte ...

Nein, das war aussichtslos. Denn erstens würde der ihn rennen hören, zweitens hielt er Ella im Arm. Und selbst wenn er sie losließ – sie würde Wolframs Mordanschlag miterleben. Würde nicht begreifen, dass er die Tat auch zu ihrem Besten beging.

Er fühlte Verzweiflung in sich hochkriechen. Jede Chance hatte er bislang ungenutzt verstreichen lassen müssen. Sein Traum, Ella als strahlender Retter entgegenzutreten, war gescheitert.

Und dann löste sie sich von Paul. Ging zur Seite, dorthin, wo ein paar windgekrümmte Föhren ein kleines Wäldchen bildeten. Wolfram konnte nur mutmaßen, was sie dort suchte. Vielleicht Schutz vor den Böen, die nun übers Plateau pfiffen. Vielleicht musste sie aber auch bloß pinkeln.

Und Paul, der Idiot, trat nun wieder näher an die Kante heran. Als wäre da in der Tiefe etwas, das ihn faszinierte. Möglicherweise ja die Tiefe selbst.

Es war vielleicht die einzige Gelegenheit, die sich bieten würde. Der Wind fegte frischen Pulverschnee übers Plateau, er sang und heulte. Er würde Wolframs Schritte im Schnee übertönen.

Eine Böe hat ihn erwischt, ich wollte ihn halten, aber ich bin zu spät gekommen.

Das würde er Ella sagen. Er würde sie in den Arm nehmen und von der Kante wegführen, um ihr den Anblick dessen zu ersparen, was von Paul übrig geblieben war.

Ein prüfender Blick. Von ihr war nichts zu sehen, sie schien tief in dem Wäldchen verschwunden zu sein, aber wer konnte schon wissen, für wie lange?

Es war keine Zeit für große Überlegungen. Wolfram richtete sich auf. Dreißig, vielleicht vierzig Meter trennten ihn von der Stelle, an der Paul stand, die Hände in den Jackentaschen vergraben.

Er lief los. In direkter Linie auf Paul zu; der Wind verschluckte das Knirschen des Schnees bei jedem Auftreffen seiner Schuhe. Er hatte befürchtet, Paul könne sein

Näherkommen trotzdem spüren, würde sich umdrehen, aber sein Opfer rührte sich nicht, sondern starrte nach wie vor gebannt in die Tiefe.

Nun war Wolfram so nah, dass er das Muster auf Pauls Schal zu erkennen glaubte. Schwarze Totenschädel auf weißem Grund, wenn das nicht passend ...

Der Schnee unter seinen Füßen gab nach wie ein morsches Brett. Wolfram ruderte mit den Armen, suchte Halt, fand nur Leere.

Er fiel. Stürzte aus all dem Weiß in einen schwarzen Krater, mehr erstaunt als erschrocken. Ein harter Schlag gegen seinen Ellenbogen, als er im Fallen einen Felsvorsprung streifte. Dann der Aufprall.

Es dauerte ein paar Sekunden, bis der Schmerz einsetzte, doch dann war er überall. Wolfram rang nach Luft, hustete, atmete den Schnee ein, der immer noch in die Felsspalte rieselte.

Über ihm war ein gezackter Streifen Licht. Dort tauchten jetzt zwei Köpfe auf, zwei Menschen beugten sich über den Abgrund, den Wolfram übersehen hatte, den eine dünne Schicht aus Zweigen und verwehtem Schnee wie festen Boden hatte wirken lassen.

Ein grüner Fleck weit über ihm. Ein blauer. Ella und Paul. Wolfram versuchte, etwas zu sagen, um Hilfe zu rufen, aber ihm fehlte der nötige Atem. Er wollte einen Arm heben, um zu signalisieren, dass er noch lebte und Hilfe brauchte, doch sein Körper verweigerte ihm den Dienst.

Er blickte zu den beiden hinauf. Etwas stimmte nicht. Etwas war falsch.

Sie unterhielten sich, oder? Aber er konnte nicht verstehen, was sie sagten, ihre Stimmen mischten sich mit dem Wind. Ihre Silhouetten zogen sich zurück. Und dann verschwanden sie.

Holten Hilfe. Bestimmt. Thomas und Christian und die Bergrettung. Bald würde er einen Hubschrauber über sich hören, und dann würde Ella ihn gerettet haben, nicht andersrum, wie es ihm so viel lieber gewesen wäre. Trotzdem würde von nun an ein unzerreißbares Band zwischen ihnen bestehen. Wenn man jemandem das Leben rettete, war man von da an für ihn verantwortlich. Das hatte er irgendwo mal gelesen.

– Sie werden dich nicht rausholen.

– Was? Wieso ... was tust du hier?

– Ich sagte doch, ich komme wieder, wenn alles vorbei ist. Und das ist es jetzt.

– Verschwinde. Nichts ist vorbei, es lassen sogar die Schmerzen schon nach.

– Weil du stirbst, Wolfram. Glaube mir, ich kann das beurteilen. Du blutest aus den Ohren und den Augen, dein Schädel ist gebrochen, und von deinen inneren Organen hat sicher das eine oder andere beim Aufprall einen Riss abgekriegt. Du stirbst, und es wird länger dauern als bei Niklas. Das macht mich froh.

– Niklas war der Falsche für dich. Hättest du das von selbst begriffen, hätte ich ihm kein Haar gekrümmt.

– Und wäre ich nicht aus dem Fenster geklettert, würde ich gerade gemütlich Kaffee trinken, nicht wahr? Nein, Wolfram, so billig kommst du nicht davon.

– Ich wollte dir doch nichts antun. Hättest du mir einfach zugehört, wäre nichts Schlimmes geschehen.

– Du bist bei mir eingebrochen. Du wolltest mich entführen.

– Nach Hause bringen wollte ich dich. Für immer mit dir zusammen sein.

– Ist dir ja gelungen. Ich war seitdem bei dir, jede Minute, jede Sekunde, Tag und Nacht. Hat dir das gefallen? Hast du gerne gehört, was ich zu sagen hatte?

– Ich ...

– Immerhin stirbst du nicht alleine. Ich werde bei dir bleiben, bis es vorbei ist.

Sein Blick trübte sich für ein paar Sekunden, dann wurde das Bild vor seinen Augen wieder klar. Er sah, wie sein Blut in den Schnee sickerte, ihn rot färbte. Blutkristalle, die schneller schmolzen, als er blinzeln konnte. Was blieb, war wässrig und rosa.

Adina konnte er viel deutlicher sehen. Sie saß an die Felswand gelehnt, im Nachthemd, das dunkle Haar fiel ihr über die Schultern. Sie schien kein bisschen zu frieren, und sie ließ ihn nicht aus den Augen.

Atmen funktionierte plötzlich nicht mehr von alleine. Er musste bewusst daran denken, aber es fühlte sich so anstrengend an. Als hätte man ihn in ein Bleikorsett geschnürt.

Er schloss die Augen, horchte. Der Hubschrauber würde kommen, schon bald. Adina log. Sie wollte ihm nur Angst machen.

Von oben rieselte Schnee herab, fiel ihm aufs Gesicht. Ella holte Hilfe. Sie würde ihn nicht erfrieren lassen.

Aber falls sie sich damit noch Zeit ließ, war das nicht schlimm. Ihm war nicht kalt.

Überhaupt nicht.

SONNENUNTERGANG

In eine flauschige Decke eingewickelt, saß Ella auf der Terrasse des einzigen Gasthauses in Felnitz und wartete. Die Sonne war am Nachmittag doch noch zwischen den Wolken hervorgekommen, und sie hatte es in ihrem Zimmer nicht mehr ausgehalten. Eine Stunde lang war sie spazieren gegangen, dann hatte sie den Wirt des *Gasthofs zur Post* gebeten, ihr die gesperrte Terrasse zu öffnen. Von hier aus konnte man die ersten fünfzig Meter des Wanderwegs sehen, und Ella wandte seit einer halben Stunde den Blick nur noch ab, um in ihrem kalt gewordenen Kaffee zu rühren und ihr Handy zu checken.

Bald würde die Sonne untergehen, und sie waren immer noch nicht zurück. Es gab dort oben keinen Empfang, sie hatte es mehrmals versucht. Allmählich begann sie, sich Sorgen zu machen.

Die Gipfel warfen bereits ihre mächtigen Schatten über das Tal, als sich endlich etwas tat auf dem Weg. Ella lachte auf. Da war Paul, in seiner blauen Jacke, und direkt neben ihm Lukas, in der grünen, die eigentlich ihr gehörte.

Sie sprang auf, winkte mit beiden Armen über dem Kopf, bis Paul sie endlich entdeckte. Er war derjenige, der den großen Rucksack trug, den mit dem Biwak.

Hastig legte sie fünf Euro auf den Tisch und lief den beiden entgegen, fiel Paul um den Hals, küsste sein eiskaltes Gesicht. »Und?«, fragte sie.

»Du bist ihn los. Er wollte mich in einen Abgrund stoßen, stattdessen ist er in eine Felsspalte gestürzt.«

Nun hatte auch Lukas sie erreicht, drückte sie kurz an sich und überreichte ihr dann feierlich ihre grüne Mütze. »Er hat es nicht durchschaut, bis zum Schluss nicht, glaube ich. Aber Paul und ich haben uns auch echt Mühe gegeben. Haben bei jeder Gelegenheit Händchen gehalten und gekuschelt. Ich habe die ganze Zeit über kaum ein Wort gesprochen, damit er meine Stimme nicht hört.«

»Lukas war einmalig«, bestätigte Paul. »Oscarverdächtig. Aus der Entfernung hätte ich ihn auch mit dir verwechseln können.«

Ella strich ihrem Double über die Wange, über die sich ein tiefer Kratzer zog. Lukas war einer der besten Kunden in der Sporthandlung, ein kleiner, drahtiger Sportkletterer. Und ein guter Freund. »Du hast dich verletzt.«

»Ha!« Er berührte die Stelle mit seinem Handschuh. »Er hat einen halben Berg nach uns geworfen, oben beim Reithfall. Das wäre fast schiefgegangen, wenn ich nicht etwas hätte rascheln und krachen hören.«

Also hatte sie sich nicht grundlos gesorgt. »Ich wusste, dass es gefährlich wird. Ich hätte das echt nicht zulassen dürfen.« Sie griff nach Pauls Hand. »Habt ihr ihn ... also, hat einer von euch ...«

»Niemand hat ihn geschubst«, sagte Paul. »Er hätte in Ruhe kehrtmachen und nach Hause fahren können. Er ist auch nur deshalb abgestürzt, weil er so scharf darauf war, mich sterben zu sehen.«

»Und dann war es umgekehrt.«

»Genau.«

Sie hätte gern gefragt, ob es schnell gegangen war, ob der Mann geschrien hatte, aber sie hatte Angst vor der Antwort.

Sie kannte nicht einmal seinen Namen. Nur sein Gesicht, dieses gierige Gesicht mit den wurmartigen Lippen, das ständig in ihrer Nähe aufgetaucht war, das sie bis in ihre Albträume verfolgt hatte. Schon vor Theos Motorradunfall.

Nun würde sie wohl erst aus den Nachrichten erfahren, wie er geheißen hatte. Oder nie.

»Können wir weitergehen?« Lukas hüpfte auf der Stelle. »Kommt. Wenn ich zu lange stehen bleibe, fange ich an, darüber nachzudenken, was wir getan haben.«

Paul klopfte ihm auf die Schulter. »Er war schon tot, als wir nachgesehen haben. Hat sich nicht gerührt, kein Stück, und ...«

»Ich will das nicht hören«, unterbrach ihn Ella. »Bitte.«

»Wir haben ihn nicht umgebracht, das ist alles, was ich damit sagen möchte«, ergänzte Paul. »Obwohl er es umgekehrt bei uns versucht hat. Du bist dein Furunkel los, mein Schatz. Und jetzt will ich duschen und danach etwas essen.«

Er zog Ella an der Hand hinter sich her, und sie ließ es geschehen, obwohl sie sich in einem ersten Impuls gern losgemacht hätte.

Ihre Schritte knirschten auf dem verschneiten Weg. Alle paar Meter wandte Ella sich um. Das würde sie wohl noch einige Zeit lang tun.

Doch hinter ihr war niemand, diesmal nicht. Nur der Gipfel des Sprielhorns, hinter dem die Sonne versank.

URSULA POZNANSKI

VANITAS

GRAU WIE ASCHE

THRILLER

Seit wann muss man auf dem Friedhof um sein Leben fürchten? Die Fortsetzung der hochspannenden VANITAS-Serie

Carolin ist zurück in Wien, zurück in der Blumenhandlung am Zentralfriedhof. Sie weiß, dass ihre Verfolger sie nicht mehr für tot halten, doch wie es aussieht, haben sie ihre Spur in München verloren. Kaum beginnt sie sich wieder ein wenig sicherer zu fühlen, wird der Friedhof von Grabschändern heimgesucht. Immer wieder werden nachts Gräber geöffnet, die Überreste der Toten herausgeholt und die Grabsteine mit satanistischen Symbolen beschmiert. Nicht lange, und auf einem der Gräber liegt eine frische Leiche – ist jemand den Grabschändern in die Quere gekommen?

KNAUR

URSULA POZNANSKI

VANITAS

ROT WIE FEUER

THRILLER

**Blumig, blutig, feurig -
der Abschluss
der Thriller-Trilogie**

Ihre Verfolger haben sie in Wien aufgespürt. Die österreichische Polizei sucht sie in Zusammenhang mit einem Mordfall. Völlig auf sich allein gestellt tritt Blumenhändlerin Carolin die Flucht nach vorne an: Sie fährt nach Frankfurt, in die Hochburg ihrer Feinde, in die Höhle des Löwen. Für sie die gefährlichste Stadt der Welt, aber auch die, in der man sie zuletzt vermuten würde. Und gleichzeitig der einzige Ort, an dem sie die Chance sieht, ihrem Alptraum ein Ende zu setzen. Nur schnell scheint es leider, als wäre ihre Rückkehr doch nicht unentdeckt geblieben ...

KNAUR